# Translated Language Learning

# Alice's Adventures in Wonderland

# Alice se Avonture in Wonderland

## Lewis Carroll

English / Afrikaans

# Down the Rabbit Hole
## In die konyngat af

**Alice was beginning to get very tired**
Alice het baie moeg begin word
**she was sitting by her sister on the grass bank**
Sy het by haar suster op die graswal gesit
**but she had nothing to do**
maar sy het niks gehad om te doen nie
**her sister was reading a book**
haar suster lees 'n boek
**once or twice Alice peeped into the book**
een of twee keer loer Alice in die boek
**but the book had no pictures or conversations in it**
maar die boek het geen foto's of gesprekke daarin gehad nie
**"what use is a book without pictures?," thought Alice**
"Wat help 'n boek sonder prente?," dink Alice
**"why would a book have no conversations?"**
"Waarom sou 'n boek geen gesprekke hê nie?"
**but she had other things to consider**

maar sy het ander dinge gehad om te oorweeg
**"making a chain of daisies would be a pleasure"**
"Dit sal 'n plesier wees om 'n ketting madeliefies te maak"
**"but is it worth the effort of getting up and picking the daisies??"**
"Maar is dit die moeite werd om op te staan en die madeliefies te pluk??"
**this was not so easy to think about**
Dit was nie so maklik om aan te dink nie
**because the day was making her feel sleepy and stupid**
want die dag het haar slaperig en dom laat voel
**but suddenly her thoughts were interrupted**
maar skielik is haar gedagtes onderbreek
**a White Rabbit with pink eyes ran close by her**
'n Wit Konyn met pienk oë het naby haar gehardloop

**There was nothing overly remarkable about the rabbit**
Daar was niks te merkwaardig aan die haas nie
**and Alice did not think the rabbit remarkable either**
en Alice het ook nie gedink dat die haas merkwaardig was nie
**nor did it surprise her when the Rabbit spoke**
dit het haar ook nie verbaas toe die haas praat nie
**"Oh dear! I shall be too late!" he said to himself**
"Ag liewe! Ek sal te laat wees!" het hy vir homself gesê
**but then the Rabbit did something that rabbits didn't do**
maar toe doen die Konyn iets wat konyne nie gedoen het nie
**the Rabbit took a watch out of its waistcoat-pocket**
die Konyn haal 'n horlosie uit sy onderbaadjie-sak
**he looked at the time and then hurried on**
Hy het na die tyd gekyk en toe verder gehaas
**Alice got to her feet, in amazement**
Alice het verbaas opgestaan
**she had never seen a rabbit with a waistcoat before!**
Sy het nog nooit 'n haas met 'n onderbaadjie gesien nie!
**nor had she ever seen a rabbit with a watch!**
sy het ook nog nooit 'n haas met 'n horlosie gesien nie!
**Alice was burning with a new curiosity**
Alice het gebrand met 'n nuwe nuuskierigheid
**and she ran across the field after the Rabbit**
en sy hardloop oor die veld agter die haas aan
**she was just in time to see the rabbit disappear**
Sy was net betyds om die haas te sien verdwyn
**the rabbit hopped down into a large rabbit-hole**
die haas spring af in 'n groot konyngat
**In another moment, down went Alice after the rabbit!**
In 'n ander oomblik het Alice agter die haas aan gegaan!
**The rabbit-hole went straight on like a tunnel**
Die konyngat het reguit soos 'n tonnel gegaan
**and the tunnel kept going for some distance**
en die tonnel het vir 'n entjie aangehou
**and then the path suddenly dipped down**
en toe het die paadjie skielik afgesak
**Alice had not a moment to think about stopping herself**

Alice het nie 'n oomblik gehad om daaraan te dink om haarself
te keer nie
**she found herself falling down and down and down**
Sy het gevind dat sy af en af en af val
**it seemed as if she had fallen down a very deep well**
dit het gelyk asof sy in 'n baie diep put geval het
**Either the well was very deep, or she fell very slowly**
Óf die put was baie diep, óf sy het baie stadig geval
**because she had plenty of time to fall**
want sy het genoeg tyd gehad om te val
**as she was falling she could look all around her**
Terwyl sy val, kon sy oral om haar kyk
**First, she tried to make out where she was going**
Eerstens het sy probeer uitmaak waarheen sy op pad is
**but the well was too dark to see anything**
maar die put was te donker om iets te sien
**then she looked at the sides of the well**
toe kyk sy na die kante van die put
**and she noticed that there were cupboards all around her**
en sy het opgemerk dat daar kaste rondom haar was
**and all around the well were book-shelves**
en rondom die put was boekrakke
**here and there she saw maps and pictures hung upon pegs**
hier en daar sien sy kaarte en prente wat aan penne gehang
word
**She took down a jar from one of the shelves as she passed**
Sy haal 'n pot van een van die rakke af toe sy verbygaan
**the jar was labelled for its content**
Die pot is gemerk vir die inhoud daarvan
**"MARMALADE MADE FROM ORANGES"**
"MARMELADE GEMAAK VAN LEMOENE"
**but, to her great disappointment, the marmalade jar was
empty**
maar tot haar groot teleurstelling was die marmeladepot leeg
**she did not want to drop the empty marmalade jar**
Sy wou nie die leë marmeladepot laat val nie
**and her fall was very slow**

en haar val was baie stadig
**so she managed to put the marmalade jar into one of the cupboards**
Sy het dus daarin geslaag om die marmeladepot in een van die kaste te sit
**Down, down, down she fall!**
Af, af, af val sy!
**Would the fall ever come to an end?**
Sou die sondeval ooit tot 'n einde kom?
**There was nothing else to do**
Daar was niks anders om te doen nie
**so Alice soon began talking to herself**
so Alice het gou met haarself begin praat
**"Dinah will miss me very much tonight, I should think!"**
"Dinah sal my vanaand baie mis, sou ek dink!"
**Dinah was Alice's cat**
Dinah was Alice se kat
**"I hope they'll remember her saucer of milk at tea-time"**
"Ek hoop hulle sal haar piering melk tydens teetyd onthou"
**"Dinah, my dear, I wish you were down here with me!"**
"Dina, my skat, ek wens jy was hier onder by my!"
**Alice felt that she was dozing off**
Alice voel dat sy sluimer
**and then suddenly, thump! thump!**
en dan skielik, dreun! Doef!
**down she fell upon a heap of sticks**
Sy het op 'n hoop stokke geval
**and she landed on a pile of dry leaves**
en sy beland op 'n hoop droë blare
**and finally the long fall down the hole was over**
en uiteindelik was die lang val in die gat verby
**Alice was not a bit hurt**
Alice was nie 'n bietjie seergemaak nie
**and she jumped up within a moment**
en sy het binne 'n oomblik opgespring
**She looked up, but it was all dark overhead**
Sy kyk op, maar dit was alles donker bokant haar hoof

**in front of her was another long corridor**

Voor haar was nog 'n lang gang

**and the White Rabbit was still in sight**

en die Wit Konyn was nog in sig

**he was hurrying down the corridor**

hy haas hom in die gang af

**There was not a moment to be lost**

Daar was nie 'n oomblik om te verloor nie

**off ran Alice like the wind**

Alice soos die wind weggehardloop

**around the corner turned the rabbit**

om die draai draai die haas

**she was just in time to hear the rabbit**

sy was net betyds om die haas te hoor

**""Oh, my ears and whiskers"**

"O, my ore en snorbaarde"

**"how late it's getting!"**

"Hoe laat word dit!"

**She was close behind the rabbit**

Sy was naby agter die haas

**she turned around another corner**

Sy draai om 'n ander hoek

**but the Rabbit was no longer to be seen**

maar die haas was nie meer te sien nie

**She found herself in a long, low hall**

Sy het haarself in 'n lang, lae saal bevind

**the hall was lit up by a row of ceiling lamps**

Die saal is verlig deur 'n ry plafonlampe

**There were doors all around the hall**

Daar was deure oral in die saal

**but all the doors were locked**

maar al die deure was gesluit

**she walked all the way down one side of the hall**

Sy het al die pad aan die een kant van die saal afgestap

**and she had walked all the way up the other side of the hall**

en sy het al die pad aan die ander kant van die saal geloop

**she had tried every door**

Sy het elke deur probeer
**and she walked sadly down the middle of the hall**
en sy stap hartseer in die middel van die saal af
**"how am I ever going to get out again?"**
"hoe gaan ek ooit weer uitkom?"

**Suddenly she came upon a little table**
Skielik kom sy op 'n tafeltjie
**the table was made entirely of solid glass**
Die tafel was geheel en al van soliede glas gemaak
**There was nothing on the table but a tiny golden key**
Daar was niks op die tafel nie, behalwe 'n klein goue sleutel
**the key might belong to one of the doors!**
Die sleutel behoort dalk aan een van die deure!
**but, alas! some of the locks were too large for the keys**
Maar, helaas! Sommige van die slotte was te groot vir die
sleutels
**and for the other locks the key was too small**
en vir die ander slotte was die sleutel te klein
**but, at any rate, the key opened none of the doors**
maar in elk geval, die sleutel het nie een van die deure
oopgemaak nie
**but what was she to do?**
maar wat moes sy doen?
**she went through the hall again**
Sy het weer deur die saal gegaan
**and this time she noticed a low curtain**
en hierdie keer het sy 'n lae gordyn opgemerk
**behind the curtain was a little door**
Agter die gordyn was 'n deurtjie
**the door was about fifteen inches high**
Die deur was ongeveer vyftien duim hoog
**She tried the little golden key in the lock**
Sy probeer die goue sleuteltjie in die slot
**and to her great delight, the key fit in the lock!**
en tot haar groot vreugde het die sleutel in die slot gepas!
**Alice opened the door**
Alice het die deur oopgemaak
**and she found the door led into a small corridor**
en sy het gevind dat die deur na 'n klein gang gelei het
**the corridor was not much larger than a rat-hole**
die gang was nie veel groter as 'n rotgat nie
**she knelt down and looked along the corridor**

Sy kniel neer en kyk langs die gang
**and she saw the loveliest garden you have ever seen**
en sy het die mooiste tuin gesien wat jy nog ooit gesien het
**how she longed to get out of that dark hall**
hoe sy verlang het om uit daardie donker saal te kom
**how she wanted to wander among those bright flowers**
hoe sy tussen daardie helder blomme wou dwaal
**how cool refreshing those fountains looked**
Hoe koel het daardie fonteine gelyk
**but she could not even get her head through the doorway**
maar sy kon nie eers haar kop deur die deuropening kry nie
**"Oh," said Alice, mournfully**
"O," sê Alice, treurig
**"how I wish I could fold up like a telescope!"**
"hoe wens ek ek kon soos 'n teleskoop opvou!"
**"I think I could fold up like a telescope"**
"Ek dink ek kan soos 'n teleskoop opvou"
**"if I only knew how to begin"**
"as ek net geweet het hoe om te begin"
**Alice went back to the table**
Alice het teruggegaan na die tafel
**there was the chance of finding another key**
daar was die kans om nog 'n sleutel te vind
**or there might be a book of rules**
of daar is dalk 'n boek met reëls
**the book could tell her how to fold up like a telescope**
Die boek kan haar vertel hoe om soos 'n teleskoop op te vou
**This time she found a little bottle**
Hierdie keer het sy 'n botteltjie gekry
**"this bottle certainly was not here before," said Alice**
"hierdie bottel was beslis nie voorheen hier nie," sê Alice
**and tied around the neck of the bottle was a paper label**
en om die nek van die bottel vasgemaak was 'n papieretiket
**the label was beautifully printed in large letters**
Die etiket is pragtig in groot letters gedruk
**"DRINK ME"**
"DRINK MY"

**"No, I'll look first," she said**
"Nee, ek sal eers kyk," het sy gesê
**"I'll see whether the bottle is marked as poisonous or not,"**
"Ek sal kyk of die bottel as giftig gemerk is of nie,"
**because she never forgot the lesson about poison**
Omdat sy nooit die les oor gif vergeet het nie
**"if a bottle is labelled poisonous, it's bound to disagree with you"**
"As 'n bottel as giftig bestempel word, sal dit beslis nie met jou saamstem nie"
**However, this bottle was not marked as poisonous**
Hierdie bottel is egter nie as giftig gemerk nie
**so Alice ventured to taste the content of the bottle**
so Alice het dit gewaag om die inhoud van die bottel te proe
**she found the liquid quite to her liking**
Sy het die vloeistof heeltemal na haar smaak gevind
**the drink had a sort of mixed flavour**
Die drankie het 'n soort gemengde geur gehad
**cherry-tart, custard, and pineapple**
kersie-tert, vla en pynappel
**roast turkey, toffee, and toast with hot butter**
gebraaide kalkoen, toffie en roosterbrood met warm botter
**and she soon finished off the bottle**
en sy het gou die bottel klaargemaak
**"What a curious feeling!" said Alice**
"Wat 'n eienaardige gevoel!" sê Alice
**"I am folding up like a telescope!"**
"Ek vou op soos 'n teleskoop!"
**And she was folding up like a telescope indeed!**
En sy het inderdaad soos 'n teleskoop opgevou!
**She was now only ten inches high**
Sy was nou net tien sentimeter hoog
**and her face brightened up at her thoughts**
en haar gesig het opgehelder by haar gedagtes
**now she was the the right size for the little door**
nou was sy die regte grootte vir die deurtjie
**now she could go into that lovely garden**

Nou kon sy in daardie lieflike tuin ingaan
**soon she stopped getting smaller**
gou het sy opgehou om kleiner te word
**she decided on going into the garden at once**
Sy het besluit om dadelik die tuin in te gaan
**but, alas for poor Alice!**
maar, helaas, vir die arme Alice!
**she got to the door**
Sy het by die deur gekom
**but she had forgotten the little golden key**
maar sy het die klein goue sleutel vergeet
**she went back to the table for the key**
Sy het teruggegaan na die tafel vir die sleutel
**but she found she could not reach high enough**
maar sy het gevind dat sy nie hoog genoeg kon reik nie
**she could see the key quite plainly through the glass**
sy kon die sleutel baie duidelik deur die glas sien
**she tried to climb up the legs of the table**
Sy het probeer om teen die bene van die tafel op te klim
**but the glass was far too slippery**
maar die glas was heeltemal te glad
**eventually she tired herself out with trying**
Uiteindelik het sy haarself moeg gemaak om te probeer
**and the poor little girl sat down and cried**
en die arme dogtertjie gaan sit en huil
**Alice spoke to herself rather sharply**
Alice het taamlik skerp met haarself gepraat
**"Come, there's no use in crying like that!"**
"Kom, dit help nie om so te huil nie!"
**"I advise you to stop right this minute!"**
"Ek raai jou aan om dadelik op te hou!"
**She generally gave herself very good advice**
Sy het haarself oor die algemeen baie goeie raad gegee
**though she very seldom followed her own advice**
hoewel sy baie selde haar eie raad gevolg het
**and she sometimes was too harsh on herself**
en sy was soms te hard op haarself

**and her words brought tears into her eyes**
en haar woorde het trane in haar oë gebring
**Soon her eye fell upon a little glass box**
Gou val haar oog op 'n klein glasboks
**the little glass box was lying under the table**
Die klein glasboks het onder die tafel gelê
**in the glass box was a very small cake**
In die glaskas was 'n baie klein koek
**on the cake some words were beautifully written**
Op die koek is 'n paar woorde pragtig geskryf
**the words had been marked in currants**
Die woorde is in aalbessies gemerk
**"EAT ME"**
"EET MY"
**"Well, I'll eat the cake," said Alice**
"Wel, ek sal die koek eet," sê Alice
**"and if the cake makes me grow larger, I can reach the key"**
"en as die koek my groter laat word, kan ek die sleutel bereik"
**"and if the cake makes me grow smaller, I can creep under
the door"**
"en as die koek my kleiner laat word, kan ek onder die deur
kruip"
**"so either way I'll get into the garden"**
"so hoe dit ook al sy, ek sal in die tuin kom"
**"and I don't care which of the two happens!"**
"en ek gee nie om wie van die twee gebeur nie!"
**She ate a little bit of the cake**
Sy het 'n bietjie van die koek geëet
**and she anxiously spoke to herself:**
en sy het angstig met haarself gepraat:
**"Which way? Which way?"**
"Watter kant? Watter kant?"
**and she held her hand on her head**
en sy het haar hand op haar kop gehou
**she wanted to feel which way she was growing**
Sy wou voel hoe sy groei
**she was quite surprised to find what had happened**

Sy was nogal verbaas om uit te vind wat gebeur het
**she had remained the same size!**
sy het dieselfde grootte gebly!
**so this time she doubled her efforts**
So hierdie keer het sy haar pogings verdubbel
**and soon she finished off the whole cake**
en gou het sy die hele koek klaargemaak

## The Pool of Tears
### Die poel van trane

**"This is getting more and more interesting!" cried Alice**

"Dit word al hoe interessanter!" roep Alice

**You can see she was very surprised**

Jy kan sien sy was baie verbaas

**"I'm opening out like the largest telescope there ever was!"**

"Ek maak oop soos die grootste teleskoop wat daar ooit was!"

**"Good-bye, feet! Oh, my poor little feet"**

"Totsiens, voete! O, my arme voetjies"

**"I wonder who will put on your shoes for you now, dears?"**

"Ek wonder wie nou jou skoene vir jou sal aantrek, skat?"

**"and I wonder who will put on your stockings?"**

"en ek wonder wie jou kouse sal aantrek?"

**"I shall be a great deal too far away"**

"Ek sal baie te ver weg wees"

**"I won't be able trouble myself about you anymore"**

"Ek sal myself nie meer oor jou kan pla nie"

**Just at this moment her head struck against something**

Net op hierdie oomblik het haar kop teen iets geslaan

**she had reached the roof of the hall**

sy het die dak van die saal bereik

**in fact, she was now more than two meters tall**

trouens, sy was nou meer as twee meter lank

**and she at once took up the little golden key**

en sy het dadelik die klein goue sleutel opgetel

**and she hurried off to the garden door**

en sy haastig weg na die tuindeur

**Poor Alice! There was not much she could do**

Arme Alice! Daar was nie veel wat sy kon doen nie

**she laid down on one side**

Sy het aan die een kant gaan lê

**and she looked through into the garden with one eye**

en sy het met een oog in die tuin gekyk

**but to get through was more hopeless than ever**

maar om deur te kom was meer hopeloos as ooit

**She sat down and began to cry again**

Sy gaan sit en begin weer huil

**She went on shedding gallons of tears**

Sy het voortgegaan om liters trane te stort

**soon there was a large pool all around her**

Gou was daar 'n groot swembad rondom haar

**and the water reached half-way down the hall**

en die water het halfpad in die gang bereik

**After a time, she heard a little pattering of feet**

Na 'n rukkie hoor sy 'n bietjie gekletter van voete

**she heard the feet coming from the distance**

Sy het die voete van ver af hoor kom

**and she hastily dried her eyes to see what was coming**

en sy het haastig haar oë afgedroog om te sien wat kom

**It was the White Rabbit returning**

Dit was die Wit Konyn wat teruggekeer het

**he was splendidly dressed**

hy was pragtig geklee

**he had a pair of white gloves in one hand**

Hy het 'n paar wit handskoene in die een hand gehad

**and he had a large feather fan in the other hand**

en hy het 'n groot veerwaaier in die ander hand gehad

**He came trotting along in a great hurry**

Hy het haastig saamgedraf

**and he muttered to himself, "Oh! the Duchess, the Duchess!"**

en hy het by homself gemompel: "O! die hertogin, die hertogin!"

**"Oh! won't she be savage if I've kept her waiting!"**

"O! sal sy nie wreed wees as ek haar laat wag het nie!"

**When the Rabbit came near her, Alice spoke**
Toe die haas naby haar kom, het Alice gepraat
**but she spoke in a low, timid voice**
maar sy het met 'n lae, skugter stem gepraat
**"sir, please stop what you're doing for one moment"**
"Meneer, stop asseblief vir 'n oomblik wat jy doen"
**The Rabbit startled violently**
Die haas skrik geweldddadig
**he dropped the white gloves and the feather fan**
Hy het die wit handskoene en die veerwaaier laat val
**and he scurried away into the darkness as fast as he could**
en hy skarrel weg in die duisternis so vinnig as wat hy kon
**Alice picked up the feather fan and gloves**
Alice tel die veerwaaier en handskoene op
**and she kept fanning herself while she kept talking**
en sy het haarself bly waai terwyl sy aanhou praat
**"Dear, dear! How strange everything is today!"**
"Liewe, skat! Hoe vreemd is alles vandag!"
**"yesterday things went on just as usual"**
"Gister het dinge net soos gewoonlik aangegaan"
**"Was I the same when I got up this morning?"**

"Was ek dieselfde toe ek vanoggend opgestaan het?"
**"But if I'm not the same, there is another question"**
"Maar as ek nie dieselfde is nie, is daar 'n ander vraag"
**"Who in the world am I?"**
"Wie in die wêreld is ek?"
**"Ah, that's the great puzzle!"**
"Ag, dit is die groot legkaart!"
**As she said this, she looked down at her hands**
Terwyl sy dit sê, kyk sy af na haar hande
**she was wearing one of the rabbits little white gloves**
Sy het een van die konyne se klein wit handskoene gedra
**she hadn't noticed she put the glove on while talking**
Sy het nie opgemerk dat sy die handskoen aantrek terwyl sy praat nie
**"How can I have done that?" she thought**
"Hoe kon ek dit gedoen het?" het sy gedink
**"I must be growing small again"**
"Ek moet weer klein word"
**She got up and went to the table to measure her height**
Sy staan op en gaan na die tafel om haar lengte te meet
**she found that she was now about half a meter tall**
Sy het gevind dat sy nou ongeveer 'n halwe meter lank was
**and she was still shrinking rapidly**
en sy het nog steeds vinnig gekrimp
**She soon found out what the cause of the shrinking was**
Sy het gou uitgevind wat die oorsaak van die krimp was
**the feather fan was making her smaller again!**
Die veerwaaier het haar weer kleiner gemaak!
**and she dropped the feather fan hastily**
en sy het die veerwaaier haastig laat val
**she dropped the feather fan just in time to save herself**
Sy het die veerwaaier net betyds laat val om haarself te red
**had she fanned herself any longer she would have shrunk away entirely**
As sy haarself langer gewaai het, sou sy heeltemal weggekrimp het
**"That was a narrow escape!" said Alice**

"Dit was 'n noue ontsnapping!" sê Alice
**and she was a good deal frightened at the sudden change**
en sy was baie bang vir die skielike verandering
**but she was very glad to find herself still in existence**
maar sy was baie bly om te vind dat sy nog bestaan
**"And now, off to the garden!"**
"En nou, na die tuin!"
**And she ran with all speed back to the little door**
En sy hardloop met alle spoed terug na die deurtjie
**but, alas! the little door was shut again**
Maar, helaas! die deurtjie is weer gesluit
**and the little golden key was lying on the glass table again**
en die klein goue sleutel lê weer op die glastafel
**"Things are worse than ever," thought the poor child**
"Dinge is erger as ooit," dink die arme kind
**"I never was so small as this before, never!"**
"Ek was nog nooit so klein soos hierdie nie, nooit!"
**As she said these words, her foot slipped**
Toe sy hierdie woorde sê, gly haar voet
**and in another moment there was a great splash!**
en in 'n ander oomblik was daar 'n groot plons!
**she was up to her chin in salt-water**
sy was tot by haar ken in soutwater
**Her first idea was that she had somehow fallen into the sea**
Haar eerste idee was dat sy op een of ander manier in die see
geval het
**However, she soon realized what she was in**
Sy het egter gou besef waarin sy was
**she was in a pool of tears**
Sy was in 'n plas van trane
**the tears she had wept when she was two meters tall**
die trane wat sy gehuil het toe sy twee meter lank was

**Just then she heard something**
Net toe hoor sy iets
**something was splashing about in the pool**
Iets spat in die swembad rond
**the splashing came from a little way off**
Die gespat kom van 'n entjie ver af
**and she swam nearer to see what the splashing was**
en sy het nader geswem om te sien wat die gespat was
**she soon saw that it was only a little mouse**
Sy het gou gesien dat dit net 'n klein muis was
**the little mouse had slipped in to the water too**
Die muisie het ook in die water gegly
**Alice thought to herself about the situation**
Alice het by haarself oor die situasie gedink
**"Would it be of any use to speak to this mouse?"**
"Sou dit van enige nut wees om met hierdie muis te praat?"
**"Everything is so up-side-down down here"**
"Alles is so onderstebo hier onder"
**"I should think very likely this mouse can talk"**
"Ek dink baie waarskynlik dat hierdie muis kan praat"

"at any rate, there's no harm in trying"
"In elk geval, daar is geen kwaad om te probeer nie"
**So she began trying to talk to the mouse**
Sy het dus probeer om met die muis te praat
**"Oh Mouse, do you know the way out of this pool?"**
"Ag Muis, ken jy die pad uit hierdie swembad?"
**"I am very tired of swimming about here, Oh Mouse!"**
"Ek is baie moeg om hier rond te swem, o Muis!"
**The mouse looked at her rather inquisitively**
Die muis kyk haar nogal nuuskierig aan
**the mouse seemed to wink with one of its little eyes**
Dit lyk asof die muis met een van sy ogies knipoog
**but the little mouse said nothing**
maar die klein muis het niks gesê nie
**"Perhaps the mouse doesn't understand English," thought Alice**
"Miskien verstaan die muis nie Engels nie," dink Alice
**"I dare say it's a French mouse"**
"Ek durf sê dit is 'n Franse muis"
**"perhaps this mouse came over with William the Conqueror"**
"miskien het hierdie muis saam met Willem die Veroweraar oorgekom"
**So she began again, in French**
So het sy weer begin, in Frans
**"Where is my cat?" she asked in French**
"Waar is my kat?" vra sy in Frans
**it was the first sentence in her French lesson-book**
dit was die eerste sin in haar Franse lesboek
**The Mouse gave a sudden leap out of the water**
Die muis het 'n skielike sprong uit die water gegee
**and the mouse seemed to quiver all over with fright**
en dit lyk asof die muis oral bewe van skrik
**"Oh, I beg your pardon!" cried Alice hastily**
"O, ek smeek jou vergewe!" roep Alice haastig uit
**she was afraid that she had hurt the poor animal's feelings**
sy was bang dat sy die arme dier se gevoelens seergemaak het
**"I quite forgot you didn't like cats"**

"Ek het heeltemal vergeet jy hou nie van katte nie"
**"I don't like cats!" cried the Mouse in a shrill, passionate voice**
"Ek hou nie van katte nie!" roep die muis met 'n skril, passievolle stem
**"Would you like cats, if you were me?"**
"Sou jy katte wou hê, as jy ek was?"
**Alice comforted the mouse in a soothing tone**
Alice troos die muis in 'n strelende toon
**"Well, perhaps I would not like cats if I were you either"**
"Wel, miskien sou ek ook nie van katte hou as ek jy was nie"
**"please don't be angry about the mention of cats"**
"Moet asseblief nie kwaad wees oor die vermelding van katte nie"
**"And yet I wish I could show you our cat Dinah"**
"En tog wens ek ek kon jou ons kat Dina wys"
**"if you met her I think you'd take a fancy to cats"**
"as jy haar ontmoet, dink ek jy sal lus wees vir katte"
**"if you could only see her"**
"As jy haar net kon sien"
**"She is such a dear, quiet thing"**
"Sy is so 'n dierbare, stil ding"
**The mouse was shaking all over**
Die muis het oral gebewe
**Alice felt certain the mouse must be really offended**
Alice was seker dat die muis regtig aanstoot moes neem
**"We won't talk about her any more, if you'd rather not"**
"Ons sal nie meer oor haar praat nie, as jy liewer nie wil nie"
**"We, indeed!" cried the Mouse**
"Ons, inderdaad!" roep die muis
**the mouse was trembling down to the end of its tail**
die muis bewe tot aan die einde van sy stert
**"As if I would talk on such a subject!"**
"Asof ek oor so 'n onderwerp sou praat!"
**"Our family always hated cats"**
"Ons gesin het altyd katte gehaat"
**"cats; nasty, low, vulgar things!"**

"katte; nare, lae, vulgêre dinge!"
**"Don't let me hear the name again!"**
"Moenie dat ek weer die naam hoor nie!"
**"I won't mention cats again indeed!" said Alice**
"Ek sal inderdaad nie weer katte noem nie!" sê Alice
**she was in a great hurry to change the subject**
sy was baie haastig om die onderwerp te verander
**"Are you... are you fond of dogs?"**
"Is jy ... Is jy lief vir honde?"
**"There is such a nice little dog near our house,"**
"Daar is so 'n gawe hondjie naby ons huis,"
**"I should like to show you the little dog!"**
"Ek wil jou graag die hondjie wys!"
**"this little dog kills all the rats and...**
"Hierdie hondjie maak al die rotte dood en ...
**"oh, dear!" cried Alice in a sorrowful tone**
"O, skat!" roep Alice op 'n hartseer toon
**"I'm afraid I've offended you again!"**
"Ek is bevrees ek het jou weer aanstoot gegee!"
**the mouse was swimming away from her as fast as it could go**
die muis het so vinnig as wat dit kon van haar af weggeswem
**and the mouse made quite a commotion in the pool**
en die muis het nogal 'n oproer in die swembad gemaak
**So she called softly after the mouse**
So roep sy saggies agter die muis aan
**"my dear mouse, please come back!"**
"My liewe muis, kom asseblief terug!"
**"and we won't talk about cats"**
"En ons sal nie oor katte praat nie"
**"and we don't have to talk about dogs either"**
"En ons hoef ook nie oor honde te praat nie"
**When the mouse heard this, it turned around**
Toe die muis dit hoor, draai hy om
**and the little mouse swam slowly back to her**
en die klein muisie swem stadig terug na haar toe
**the mouse's face was quite pale**

Die muis se gesig was nogal bleek
**and the mouse spoke, in a low, trembling voice**
en die muis het gepraat, met 'n lae, bewende stem
**"Let us get to the shore"**
"Kom ons kom by die oewer"
**"and then I'll tell you my history"**
"en dan sal ek jou my geskiedenis vertel"
**"and you'll understand why it is I hate cats and dogs"**
"en jy sal verstaan hoekom ek katte en honde haat"
**It had become high time to go**
Dit het hoog tyd geword om te gaan
**because the pool was getting quite crowded**
want die swembad het nogal druk geraak
**other birds and animals had fallen into the pool**
ander voëls en diere het in die swembad geval
**there were a Duck and a Dodo**
daar was 'n eend en 'n dodo
**and there was a Lory bird and an Eaglet**
en daar was 'n Lory-voël en 'n arend
**and there were several other interesting looking creatures**
en daar was verskeie ander interessante wesens
**Alice led the way out the pool**
Alice het die pad uit die swembad gelei
**and the whole party of animals swam to the shore**
en die hele groep diere het na die oewer geswem

**A caucus race and a long tail**
'n koukuswedloop en 'n lang stert
**They were indeed a funny-looking bunch of animals**
Hulle was inderdaad 'n snaakse klomp diere
**and they all assembled on the water's bank**
en hulle het almal op die wateroewer bymekaargekom
**the birds all had bedraggled feathers**
die voëls het almal vere gehad
**and the furry animals were soaked through**
en die harige diere was deurweek
**and all were dripping wet, annoyed and uncomfortable**
en almal was drupnat, geïrriteerd en ongemaklik

**there was one question that had to be answered first**
Daar was een vraag wat eers beantwoord moes word
**what is the best way for everyone to get dry?**
Wat is die beste manier vir almal om droog te word?
**They had a consultation about this matter**
Hulle het 'n konsultasie oor hierdie saak gehad
**soon they were all on familiar terms**
Gou was hulle almal op bekende voet
**it was as if she had known them all her life**
dit was asof sy hulle haar hele lewe lank geken het
**the mouse seemed to be a person of some authority**
Die muis was blykbaar 'n persoon met 'n gesag
**"Sit down, all of you, and listen to me!**

"Gaan sit, almal van julle, en luister na my!
**I'll soon make you all dry again!"**
"Ek sal julle binnekort weer droog maak!"
**They all sat down at once, in a large ring**
Hulle het almal gelyktydig in 'n groot ring gaan sit
**and the little mouse sat in the middle**
en die klein muis het in die middel gesit
**"Ahem!" said the mouse with an important air**
"Ahem!" sê die muis met 'n belangrike lug
**"Are you all ready?"**
"Is julle almal gereed?"
**"This is the driest thing I know"**
"Dit is die droogste ding wat ek weet"
**"Silence all around, if you please!"**
"Stilte rondom, as jy asseblief!"
**"William the Conqueror was favoured by the pope"**
"Willem die Veroweraar is deur die pous begunstig"
**"but he was soon submitted to by the English"**
"maar hy is gou deur die Engelse onderwerp"
**"they wanted leaders of late"**
"Hulle wou die afgelope tyd leiers hê"
**"and they had been accustomed to power and conquest"**
"en hulle was gewoond aan mag en verowering"
**"Edwin and Morcar, the Earls of Mercia and Northumbria"**
"Edwin en Morcar, die graaf van Mercia en Northumbria"
**"Ugh!" said the lori bird, with a shiver**
"Ugh!" sê die lori-voël met 'n rilling
**"and even Stigand, the patriotic archbishop of Canterbury"**
"en selfs Stigand, die patriotiese aartsbiskop van Canterbury"
**"he also found it advisable"**
"Hy het dit ook raadsaam gevind"
**"What did he find advisable?" said the duck**
"Wat het hy raadsaam gevind?" sê die eend
**"He found it advisable" the mouse replied rather crossly**
"Hy het dit raadsaam gevind," antwoord die muis taamlik
dwars
**but the duck was not satisfied**

maar die eend was nie tevrede nie

**"of course, you know what 'it' means"**

"Natuurlik weet jy wat 'dit' beteken"

**"I know what 'it' is when I find a thing," said the duck**

"Ek weet wat 'dit' is as ek iets kry," sê die eend

**"it's generally a frog or a worm"**

"Dit is oor die algemeen 'n padda of 'n wurm"

**"The question is, what did the archbishop find?"**

"Die vraag is, wat het die aartsbiskop gevind?"

**The mouse did not notice this question**

Die muis het nie hierdie vraag opgemerk nie

**instead, the mouse hurriedly went on with the speech**

In plaas daarvan het die muis haastig voortgegaan met die toespraak

**"he found it advisable to go with Edgar Atheling"**

"hy het dit raadsaam gevind om saam met Edgar Atheling te gaan"

**"to meet William and offer him the crown"**

"om William te ontmoet en hom die kroon aan te bied"

**the mouse continued, turning to Alice as it spoke**

die muis het voortgegaan en na Alice gedraai terwyl dit gepraat het

**"How are you getting on now, my dear?"**

"Hoe gaan dit nou met jou, my skat?"

**"As wet as ever," said Alice in a melancholy tone**

"So nat soos altyd," sê Alice op 'n weemoedige toon

**"this story doesn't seem to dry me at all"**

"Dit lyk asof hierdie storie my glad nie droog maak nie"

**"In that case," said the dodo solemnly, rising to its feet**

"In daardie geval," sê die dodo plegtig en staan op sy voete

**"I vote that the meeting be adjourned"**

"Ek stem dat die vergadering verdaag word"

**"and I propose an immediate adoption of more energetic remedies"**

"en ek stel 'n onmiddellike aanvaarding van meer energieke middels voor"

**"Speak real words!" said the eaglet**

"Praat regte woorde!" sê die arend

**"I don't know the meaning of half of those long words"**

"Ek weet nie wat die helfte van daardie lang woorde beteken nie"

**"and, what's more, I don't believe you know either!"**

"en wat meer is, ek glo nie jy weet ook nie!"

**"What I was going to say," said the dodo in an offended tone**

"Wat ek gaan sê," sê die dodo op 'n beledigde toon

**"the best thing to get us dry would be a caucus-race"**

"Die beste ding om ons droog te kry, is 'n koukuswedloop"

**"What is a caucus-race?" said Alice**

"Wat is 'n koukus-wedloop?" sê Alice

**"Well," said the dodo, "the best way to explain it is to do it"**

"Wel," sê die dodo, "die beste manier om dit te verduidelik is om dit te doen"

**"First the dodo marked out a race-course"**

"Eers het die dodo 'n renbaan gemerk"

**"the track was in a sort of circle"**

"Die baan was in 'n soort sirkel"

**"and then all the party were placed along the course"**

"en toe is die hele geselskap langs die baan geplaas"

**There was no "One, two, three and away!"**

Daar was geen "Een, twee, drie en weg!"
**but they began running when they liked**
maar hulle het begin hardloop wanneer hulle wou
**and they also finished when they liked**
en hulle het ook klaargemaak wanneer hulle wou
**so it was not easy to know when the race was over**
Dit was dus nie maklik om te weet wanneer die wedloop
verby was nie
**after half an hour or so of running they were all quite dry**
na 'n halfuur of wat se hardloop was hulle almal redelik droog
**the dodo suddenly called out, "The race is over!"**
die dodo het skielik uitgeroep: "Die wedloop is verby!"
**and they all crowded around the dodo**
en hulle het almal om die dodo saamgedrom
**all the animals were panting and puffing**
al die diere hyg en blaas
**and they all wanted to know, "But who has won?"**
en hulle wou almal weet: "Maar wie het gewen?"
**This question the dodo could not immediately answer**
Hierdie vraag kon die dodo nie dadelik beantwoord nie
**first he had to do a great deal of thinking**
Eers moes hy baie nadink
**after much thinking, the dodo finally spoke**
Na baie nadenke het die Dodo uiteindelik gepraat
**"Everybody has won, and all must have prizes"**
"Almal het gewen, en almal moet pryse hê"
**"But who is to give the prizes?" asked a chorus of voices**
"Maar wie moet die pryse gee?" vra 'n koor van stemme
**"Well, she, of course," said the dodo**
"Wel, sy, natuurlik," sê die dodo
**and the dodo pointed with one finger to Alice**
en die dodo het met een vinger na Alice gewys
**and the whole party of animals crowded around her**
en die hele groep diere het om haar saamgedrom
**they called out, in a confused way, "Prizes! Prizes!"**
hulle het op 'n verwarde manier uitgeroep: "Pryse! Pryse!"
**Alice had no idea what to do**

Alice het geen idee gehad wat om te doen nie
**in despair she put her hand into her pocket**
Wanhopig steek sy haar hand in haar sak
**and she pulled out a box of sweets**
en sy haal 'n boks lekkers uit
**luckily the salt-water had not got into the box**
gelukkig het die soutwater nie in die boks gekom nie
**and she handed the sweets around as prizes**
en sy het die lekkers as pryse rondgegee
**There was exactly one piece for everyone**
Daar was presies een stuk vir almal
**The next thing they had to do was to eat the sweets**
Die volgende ding wat hulle moes doen, was om die lekkers te
eet
**this caused some noise and confusion**
Dit het geraas en verwarring veroorsaak
**the large birds complained that they could not taste their
sweets**
Die groot voëls het gekla dat hulle nie hul lekkers kon proe nie
**the small ones choked and had to be patted on the back**
Die kleintjies verstik en moes op die skouer geklop word
**However, it was over at last**
Dit was egter uiteindelik verby
**and they sat down again in a ring**
en hulle het weer in 'n ring gaan sit
**and they begged the mouse to tell them something more**
en hulle het die muis gesmeek om hulle iets meer te vertel
**"You promised to tell me your history, you know," said Alice**
"Jy het belowe om my jou geskiedenis te vertel, jy weet," sê
Alice
**and she made another little remark about cats in a whisper**
en sy het nog 'n klein opmerking oor katte in 'n fluistering
gemaak
**she didn't want to offend the mouse again**
Sy wou nie weer die muis aanstoot gee nie
**the little mouse turned to Alice and sighed**
die klein muis draai na Alice en sug

**"Mine is a long and a sad tale!"**
"Myne is 'n lang en hartseer verhaal!"
**"It is a long tail, certainly," said Alice**
"Dit is beslis 'n lang stert," sê Alice
**and she looked down with wonder at the mouse's tail**
en sy kyk met verwondering af na die muis se stert
**"but why do you call it a sad tail?"**
"Maar hoekom noem jy dit 'n hartseer stert?"
**And she kept on puzzling about it while the mouse was speaking**
En sy het aanhou raaisel daaroor terwyl die muis gepraat het
**so that her idea of the tale was something like this**
sodat haar idee van die verhaal so iets was

<pre>
        "Fury said to
          a mouse, That
            he met in the
              house, 'Let
                us both go
                  to law: I
                  will prosecute
                  you.——
                    Come, I'll
                  take no denial:
              We must have
            the trial;
          For really
        this morning
      I've
      nothing
      to do.'
        Said the
          mouse to
            the cur,
              'Such a
                trial, dear
                  sir, With
                    no jury
                      or judge,
                      would
                      be wasting
                    our
                  breath.'
                'I'll be
              judge,
            I'll be
          jury,'
      said
      cunning
        old
          Fury;
            'I'll
              try
                the
                  whole
                    cause,
                    and
                    condemn
                  you to
        death.'"
</pre>

**Fury said to a mouse, That he met in the house"**

Fury het vir 'n muis gesê, dat hy in die huis ontmoet het"

**Let us both go to law: I will prosecute you**

Laat ons albei na die reg gaan: Ek sal jou vervolg

**Come, I'll take no denial: We must have the trial**

Kom, ek sal geen ontkenning aanvaar nie: Ons moet die verhoor hê

**For really this morning I've nothing to do**

Want regtig vanoggend het ek niks om te doen nie

**Said the mouse to the cur;**

Sê die muis vir die cur;

**Such a trial, dear sir, With no jury or judge, would be wasting our breath**

So 'n verhoor, liewe meneer, met geen jurie of regter nie, sou ons asem mors

**"I'll be judge, I'll be jury," said cunning old Fury**

"Ek sal regter wees, ek sal jurie wees," sê die slinkse ou Fury

**I'll try the whole cause, and condemn you to death**

Ek sal die hele saak verhoor en jou ter dood veroordeel

**the mouse spoke severely to Alice**

die muis het ernstig met Alice gepraat

**"You are not paying attention!"**

"Jy gee nie aandag nie!"

**"What are you thinking of?"**

"Waaraan dink jy?"

**"I beg your pardon," said Alice very humbly**

"Ek smeek jou vergewe," sê Alice baie nederig

**"you had got to the fifth bend, I think?"**

"jy het by die vyfde draai gekom, dink ek?"

**"You insult me by talking such nonsense!"**

"Jy beledig my deur sulke nonsens te praat!"

**and the mouse got up and walked away**

en die muis het opgestaan en weggeloop

**Alice called after the little mouse**

Alice roep na die klein muis

**"Please come back and finish your story!"**

"Kom asseblief terug en voltooi jou storie!"

**And the others all joined in chorus**
En die ander het almal in koor aangesluit
**"Yes, please do finish your story!"**
"Ja, maak asseblief jou storie klaar!"
**But the mouse only shook its head impatiently**
Maar die muis skud net ongeduldig sy kop
**and the little mouse walked a little quicker**
en die klein muis het 'n bietjie vinniger geloop
**"I wish I had Dinah, our cat, here!" said Alice**
"Ek wens ek het Dinah, ons kat, hier gehad!" sê Alice
**This caused a remarkable sensation among the party**
Dit het 'n merkwaardige sensasie onder die party veroorsaak
**Some of the birds hurried off at once**
Sommige van die voëls het dadelik weggehaas
**and a Canary called out in a trembling voice, to its children;**
en 'n Kanarie het met 'n bewende stem na sy kinders geroep;
**"Come away, my dears!"**
"Kom weg, my liewe!"
**"It's high time you were all in bed!"**
"Dit is hoog tyd dat julle almal in die bed is!"
**with various excuses they all went away**
Met verskeie verskonings het hulle almal weggegaan
**and Alice was soon left alone**
en Alice is gou alleen gelaat
**"I wish I hadn't mentioned Dinah!"**
"Ek wens ek het nie Dina genoem nie!"
**"Nobody seems to like her down here"**
"Dit lyk asof niemand van haar hier onder hou nie"
**"but I'm sure she's the best cat in the world!"**
"maar ek is seker sy is die beste kat in die wêreld!"
**Poor Alice began to cry again**
Arme Alice het weer begin huil
**because she felt very lonely and low-spirited**
omdat sy baie eensaam en neerslagtig gevoel het
**In a little while, however, she again heard something**
Binne 'n rukkie hoor sy egter weer iets
**a little pattering of footsteps in the distance**

'n bietjie voetstappe in die verte
**and she looked up eagerly**
en sy kyk gretig op

## The rabbit sends in little Mr Bill
### Die haas stuur klein meneer Bill in

**It was the white rabbit,trotting slowly back again**
Dit was die wit haas, wat stadig weer terugdraf
**he was looking about anxiously as he went**
Hy het angstig rondgekyk terwyl hy gegaan het
**he looked as if he had lost something**
Hy het gelyk asof hy iets verloor het
**Alice heard him muttering to himself**
Alice hoor hom vir homself mompel
**"The Duchess! The Duchess! Oh, my dear paws!"**
"Die hertogin! Die hertogin! O, my liewe pote!"
**"Oh, my fur and whiskers!"**
"O, my pels en snorbaarde!"
**"She'll get me executed, I'm sure of that"**

"Sy sal my teregstel, ek is seker daarvan"
**"just as sure as ferrets are ferrets!"**
"Net so seker soos frette frette is!"
**"Where can I have dropped my things, I wonder?"**
"Waar kan ek my goed laat val het, wonder ek?"
**Alice guessed in a moment what he was looking for**
Alice raai in 'n oomblik waarna hy soek
**he was looking for the feather fan**
Hy was op soek na die veerwaaier
**and he was looking for the pair of white gloves**
en hy was op soek na die paar wit handskoene
**so she very good-naturedly began looking for the gloves**
So sy het baie goedhartig na die handskoene begin soek
**and she looked for the feather fan too**
en sy het ook na die veerwaaier gesoek
**but the gloves and feather fan were nowhere to be seen**
maar die handskoene en veerwaaier was nêrens te sien nie
**everything seemed to have changed since her swim in the pool**
Dit lyk asof alles verander het sedert sy in die swembad geswem het
**nothing was the same since she had been in the great hall**
Niks was dieselfde sedert sy in die Groot Saal was nie
**and the glass table had vanished**
en die glastafel het verdwyn
**and the little door wasn't there either**
En die deurtjie was ook nie daar nie
**Very soon the rabbit noticed Alice**
Baie gou het die haas Alice opgemerk
**he called to her in an angry tone**
Hy roep haar op 'n kwaai toon
**"Mary Ann, what are you doing out here?"**
"Mary Ann, wat doen jy hier buite?"
**"Run home this moment"**
"Hardloop hierdie oomblik huis toe"
**"and fetch me a pair of gloves and a feather fan!"**
"en haal vir my 'n paar handskoene en 'n veerwaaier!"

**"and be quick about it!"**
"En wees vinnig daaroor!"
**Alice spoke to herself as she ran off**
Alice praat met haarself terwyl sy weghardloop
**"He must have mistaken me for his housemaid!"**
"Hy moes my as sy huisbediende verwar het!"
**"How surprised he'll be when he finds out who I am!"**
"Hoe verbaas sal hy wees as hy uitvind wie ek is!"
**As she said this, she came upon a neat little house**
Terwyl sy dit sê, het sy op 'n netjiese huisie afgekom
**on the door of the house was a bright brass plate**
Op die deur van die huis was 'n helder koperplaat
**"W. RABBIT"**
"W. KONYN"
**She went in without knocking on the door**
Sy het ingegaan sonder om aan die deur te klop
**and she hurried straight upstairs**
en sy haastig reguit boontoe
**she worried that she might meet the real Mary Ann**
sy was bekommerd dat sy die regte Mary Ann sou ontmoet
**because then she would be turned out of the house**
want dan sou sy uit die huis gewys word
**and she wouldn't be able to find the feather fan and gloves**
en sy sou nie die veerwaaier en handskoene kon vind nie
**Alice had found her way into a tidy little room**
Alice het haar weg na 'n netjiese kamertjie gevind
**in the room was a table by the window**
In die kamer was 'n tafel by die venster
**and on the table was a feather fan**
en op die tafel was 'n veerwaaier
**and there were two or three pairs of tiny white gloves**
en daar was twee of drie pare klein wit handskoene
**she picked up the feather fan and a pair of the gloves**
Sy tel die veerwaaier en 'n paar van die handskoene op
**and she was just about to leave the room**
en sy was net op die punt om die kamer te verlaat
**but then her eyes fell upon a little bottle**

maar toe val haar oë op 'n botteltjie
**She uncorked the bottle and put it to her lips**
Sy het die bottel ontkurk en dit op haar lippe gesit
**"I do hope it'll make me grow large again"**
"Ek hoop dit sal my weer groot laat word"
**"I'm tired of being such a tiny little thing!"**
"Ek is moeg daarvoor om so 'n klein dingetjie te wees!"
**Alice had hardly drunk half the bottle**
Alice het skaars die helfte van die bottel gedrink
**her head was already pressing against the ceiling**
haar kop het reeds teen die plafon gedruk
**and she had to stoop down**
en sy moes buk
**to save her neck from being broken**
om haar nek te red om gebreek te word
**She hastily put down the bottle**
Sy sit haastig die bottel neer
**"That's quite enough"**
"Dis heeltemal genoeg"
**"I hope I don't grow anymore"**
"Ek hoop ek groei nie meer nie"
**Alas! It was too late to wish that!**
Helaas! Dit was te laat om dit te wens!
**She went on growing and growing**
Sy het aanhou groei en gegroei
**and very soon she had to kneel down on the floor**
en baie gou moes sy op die vloer kniel
**and even then she went on growing**
en selfs toe het sy aanhou groei
**as a last resource she put one arm out of the window**
As 'n laaste hulpbron het sy een arm by die venster uitgesteek
**and she put one foot up the chimney**
en sy het een voet teen die skoorsteen gesit
**"Now I can do no more, whatever happens"**
"Nou kan ek nie meer doen nie, wat ook al gebeur"
**"What will become of me?"**
"Wat sal van my word?"

**Alice had a spot of luck**
Alice het 'n bietjie geluk gehad
**the little magic bottle had had its full effect**
Die klein towerbotteltjie het sy volle effek gehad
**and Alice grew no larger than she was**
en Alice het nie groter geword as sy was nie
**After a few minutes she heard a voice outside**
Na 'n paar minute hoor sy 'n stem buite
**and she stopped to listen to the voice**
en sy stop om na die stem te luister
**"Mary Ann! Mary Ann!" said the voice**
"Mary Ann! Mary Ann!" sê die stem
**"Fetch me my gloves this moment!"**
"Haal my handskoene op hierdie oomblik!"
**Then came a little pattering of feet on the stairs**
Toe kom 'n bietjie gekletter van voete op die trappe
**Alice knew it was the rabbit coming to look for her**
Alice het geweet dit is die haas wat haar kom soek
**and she trembled till she shook the house**

en sy het gebewe totdat sy die huis geskud het
**she quite forgot what her proportions were**
sy het heeltemal vergeet wat haar verhoudings was
**she was a thousand times as large as the rabbit**
sy was duisend keer so groot soos die haas
**and she had no reason to be afraid of a rabbit**
en sy het geen rede gehad om bang te wees vir 'n haas nie
**Presently the rabbit came up to the door**
Kort daarna kom die haas by die deur
**and the little rabbit tried to open the door**
en die klein haas het probeer om die deur oop te maak
**the door started to open inwards**
Die deur het na binne begin oopgaan
**but Alice's elbow was pressed hard against the door**
maar Alice se elmboog is hard teen die deur gedruk
**that attempt proved a failure**
Daardie poging was 'n mislukking
**Alice heard the rabbit speak to himself**
Alice het die haas met homself hoor praat
**"Then I'll go around and get in through the window"**
"Dan sal ek rondgaan en deur die venster inkom"
**"That you won't!" thought Alice**
"Dat jy nie sal nie!" dink Alice
**and she waited a little again**
en sy wag weer 'n bietjie
**soon she heard the rabbit just under the window**
gou hoor sy die haas net onder die venster
**she suddenly spread out her hand**
Sy skielik haar hand uitgesprei
**and she made a snatch in the air**
en sy het 'n ruk in die lug gemaak
**She did not get hold of anything**
Sy het niks in die hande gekry nie
**but she heard a little shriek and a fall**
maar sy hoor 'n klein gil en 'n val
**and she heard a crash of broken glass**
en sy het 'n botsing van gebreekte glas gehoor

**perhaps the rabbit had fallen**
Miskien het die haas geval
**maybe he was in a green-house**
Miskien was hy in 'n kweekhuis
**Next came an angry voice; the rabbit's voice**
Daarna kom 'n woedende stem; die haas se stem
**"Pat, where are you?"**
"Pat, waar is jy?"
**And then came a voice she had never heard before**
En toe kom 'n stem wat sy nog nooit vantevore gehoor het nie
**"your honour, I'm here!"**
"U eerbare, ek is hier!"
**"I'm digging for apples"**
"Ek grawe vir appels"
**"Here! Come and help me out of this!"**
"Hier! Kom help my hieruit!"
**"Now tell me, Pat, what's that in the window?"**
"Vertel my nou, Pat, wat is dit in die venster?"
**"Sure, your honour, I will tell you"**
"Sekerlik, u eerbare, ek sal u vertel"
**"it's an arm that's in the window!"**
"Dit is 'n arm wat in die venster is!"
**"Well, an arm has no business there"**
"Wel, 'n arm het geen besigheid daar nie"
**"go and take the arm away!"**
"Gaan haal die arm weg!"
**There was a long silence after this**
Daar was 'n lang stilte hierna
**and Alice could only hear whispers now and then**
en Alice kon net nou en dan fluisteringe hoor
**and at last she spread out her hand again**
en uiteindelik het sy weer haar hand uitgesteek
**and she made another snatch in the air**
en sy het nog 'n ruk in die lug gemaak
**This time there were two little shrieks**
Hierdie keer was daar twee klein gille
**and there was more sounds of broken glass**

en daar was meer geluide van gebreekte glas
**"I wonder what they'll do next!" thought Alice**
"Ek wonder wat hulle volgende gaan doen!" dink Alice
**"I wish they would pull me out the window"**
"Ek wens hulle sou my by die venster uittrek"
**She waited for some time**
Sy wag 'n rukkie
**but for a while she didn't hear anything more**
maar vir 'n rukkie het sy niks meer gehoor nie
**At last came a rumbling of little wheels**
Uiteindelik het 'n gedreun van klein wieltjies gekom
**and there came the sound of a good many voices**
en daar het die geluid van 'n hele klomp stemme gekom
**all the voices were talking together**
al die stemme het saam gepraat
**She could make out some of the words**
Sy kon van die woorde uitmaak
**"Where's the other ladder?"**
"Waar is die ander leer?"
**"Bill's got the other ladder"**
"Bill het die ander leer"
**"Bill, come here!"**
"Bill, kom hier!"
**"Will the roof bear the load?"**
"Sal die dak die vrag dra?"
**"Who wants to go down the chimney?"**
"Wie wil by die skoorsteen afgaan?"
**"Nay, I shall not! You do it!"**
"Nee, ek sal nie! Jy doen dit!"
**"Here, Bill!"**
"Hier, Bill!"
**"The master says you've got to go down the chimney!"**
"Die meester sê jy moet by die skoorsteen afgaan!"
**Alice drew her foot as far down the chimney as she could**
Alice trek haar voet so ver as moontlik in die skoorsteen af
**and then she waited to see what was coming**
en toe wag sy om te sien wat kom

**she heard a little animal scratching and scrambling**
Sy hoor 'n klein dier krap en skarrel
**the little animal must be in the chimney**
die diertjie moet in die skoorsteen wees
**then she gave one sharp kick**
toe gee sy een skerp skop
**and she waited to see what would happen next**
en sy het gewag om te sien wat volgende sou gebeur
**she heard a general chorus of voices**
Sy het 'n algemene koor van stemme gehoor
**"There goes Bill!" they all said**
"Daar gaan Bill!" het hulle almal gesê
**then she heard the rabbit's voice alone**
toe hoor sy die haas se stem alleen
**"You by the hedge, catch him!"**
"Jy by die heining, vang hom!"
**there was another moment of silence**
daar was nog 'n oomblik van stilte
**and then there was another confusion of voices**
en toe was daar nog 'n verwarring van stemme
**"Hold up his head, Brandy"**
"Hou sy kop op, Brandewyn"
**"be careful not to choke him"**
"Wees versigtig om hom nie te verstik nie"
**"What happened to you?"**
"Wat het met jou gebeur?"
**Last came a little feeble, squeaking voice**
Laastens het 'n bietjie swak, piepende stem gekom
**"Well, I hardly know no more"**
"Wel, ek weet skaars nie meer nie"
**"thank you all, I'm better now"**
"dankie almal, ek is nou beter"
**"there is one thing I can remember"**
"daar is een ding wat ek kan onthou"
**"something comes at me like a train in a tunnel"**
"Iets kom na my toe soos 'n trein in 'n tonnel"
**"and up I fly like a sky-rocket!"**

"en op vlieg ek soos 'n sky-vuurpyl!"
**there was a minute or two of silence**
daar was 'n minuut of twee van stilte
**and then they began moving about again**
en toe begin hulle weer rondbeweeg
**and Alice heard the Rabbit speak again**
en Alice het die haas weer hoor praat
**"A barrowful will do, to begin with"**
"'n Kruiwa sal doen, om mee te begin"
**"A barrowful of what?" thought Alice**
"'n Kruiwa vol wat?" dink Alice
**But she was not kept in suspense for long**
Maar sy is nie lank in spanning gehou nie
**a shower of little pebbles came through the window**
'n reën klein klippies het deur die venster gekom
**and some of the little pebbles hit her in the face**
en van die klippies het haar in die gesig getref
**Alice was surprised about the little pebbles**
Alice was verbaas oor die klippies
**all the little pebbles were turning into cakes**
al die klein klippies het in koeke verander
**and a bright idea came into her head**
en 'n blink idee het in haar kop opgekom
**"I should eat one of these cakes"**
"Ek moet een van hierdie koeke eet"
**"cake is sure to make some change in my size"**
"Koek sal beslis 'n verandering in my grootte maak"
**So she swallowed one of the cakes**
So sluk sy een van die koeke
**and she was delighted to find that she began shrinking**
en sy was verheug om te vind dat sy begin krimp het
**soon she was small enough to get through the door**
Gou was sy klein genoeg om by die deur in te kom
**she ran out of the house**
Sy het uit die huis gehardloop
**a crowd of little animals and birds were waiting outside**
'n skare diertjies en voëltjies het buite gewag

all the little birds and animals rushed at Alice
al die voëltjies en diertjies het na Alice gejaag
but she ran off as fast as she could
maar sy het so vinnig as wat sy kon weggehardloop
and soon she found herself safe in a thick wood
en gou het sy haarself veilig in 'n digte bos bevind
Alice wandered about in the woods
Alice het in die bos rondgedwaal
and she thought to herself:
en sy het by haarself gedink:
"I know what I have to do first"
"Ek weet wat ek eerste moet doen"
"first I have to grow to my right size again"
"eers moet ek weer tot my regte grootte groei"
"and then I have to find my way into that lovely garden"
"en dan moet ek my weg in daardie lieflike tuin vind"
"I suppose I ought to eat or drink something or other"
"Ek veronderstel ek behoort iets of iets te eet of te drink"
"but the question is what should I eat or drink?"
"maar die vraag is wat moet ek eet of drink?"
Alice looked all around her at the flowers
Alice kyk rondom haar na die blomme
and she looked through the blades of grass
en sy het deur die grasshalms gekyk
but she could not see anything to eat or drink
maar sy kon niks sien om te eet of te drink nie
nothing looked like the right thing to eat or drink
niks het gelyk na die regte ding om te eet of te drink nie
There was a large mushroom growing near her
Daar het 'n groot sampioen naby haar gegroei
the mushroom was about the same height as Alice
die sampioen was omtrent dieselfde hoogte as Alice
She stretched herself up on tiptoes
Sy het haarself op tone uitgestrek
and she peeped over the edge of the mushroom
en sy loer oor die rand van die sampioen
her eyes immediately met the eyes of a large blue caterpillar

Haar oë ontmoet dadelik die oë van 'n groot blou ruspe
**the caterpillar was sitting on the top of the mushroom**
Die ruspe het bo-op die sampioen gesit
**and the caterpillar had crossed all his arms**
en die ruspe het al sy arms gekruis
**and he was quietly smoking a long hookah**
en hy het rustig 'n lang waterpyp gerook
**and he took not the smallest notice of anything**
en hy het nie die geringste kennis geneem van enigiets nie
**and he certainly didn't pay attention to Alice**
en hy het beslis nie aandag aan Alice gegee nie

**At last the caterpillar took the hookah out of its mouth**
Uiteindelik het die ruspe die waterpyp uit sy mond gehaal
**and he addressed Alice in a languid, sleepy voice**
en hy het Alice met 'n traag, slaperige stem aangespreek
**"Who are you?" said the caterpillar**
"Wie is jy?" sê die ruspe

**Alice replied, rather shyly, "I hardly know, sir"**
Alice antwoord, taamlik skaam, "Ek weet skaars, meneer"
**"just at the moment it's all a bit..."**
"Net op die oomblik is dit alles 'n bietjie ..."
**"I know who I was when I got up this morning""**
"Ek weet wie ek was toe ek vanoggend opgestaan het""
**"but I think I must have changed several times since then"**
"maar ek dink ek moes sedertdien verskeie kere verander het"
**"What do you mean by that?" said the caterpillar**
"Wat bedoel jy daarmee?" sê die ruspe
**sternly the caterpillar asked her to explain herself**
streng het die ruspe haar gevra om haarself te verduidelik
**"I can't explain myself, I'm afraid, sir," said Alice**
"Ek kan myself nie verduidelik nie, ek is bevrees, meneer," sê
Alice
**"because I'm not myself"**
"omdat ek nie myself is nie"
**"you see, being so many different sizes in a day is very
confusing"**
"Jy sien, om soveel verskillende groottes op 'n dag te wees, is
baie verwarrend"
**She pulled herself up and said very gravely:**
Sy het haarself opgetrek en baie ernstig gesê:
**"I think you ought to tell me who you are, first"**
"Ek dink jy moet my eers vertel wie jy is"
**"Why?" said the caterpillar**
"Hoekom?" sê die ruspe
**Alice could not think of any good reason**
Alice kon nie aan enige goeie rede dink nie
**and the caterpillar seemed to be in a very unpleasant state of
mind**
en dit lyk asof die ruspe in 'n baie onaangename
gemoedstoestand is
**so she turned away**
toe draai sy weg
**"Come back!" the caterpillar called after her**
"Kom terug!" roep die ruspe agter haar aan

**"I've something important to say!"**
"Ek het iets belangriks om te sê!"
**Alice turned and came back again**
Alice draai om en kom weer terug
**"Keep your temper," said the caterpillar**
"Hou jou humeur," sê die ruspe
**"Is that all?" said Alice**
"Is dit al?" sê Alice
**and she swallowed her anger as well as she could**
en sy sluk haar woede so goed as wat sy kon
**"No," said the caterpillar**
"Nee," sê die ruspe
**the caterpillar unfolded its arms**
Die ruspe het sy arms oopgevou
**and he took the hookah out of his mouth again**
en hy het die waterpyp weer uit sy mond gehaal
**and he said, "So you think you're changed, do you?"**
en hy het gesê: "So jy dink jy is verander, of hoe?"
**"I'm afraid, I am changed, sir," said Alice**
"Ek is bevrees, ek is verander, meneer," sê Alice
**"I can't remember things as I used to remember them"**
"Ek kan dinge nie onthou soos ek dit onthou het nie"
**"and I don't stay the same size for more than ten minutes!"**
"en ek bly nie langer as tien minute dieselfde grootte nie!"
**"What size do you want to be?" asked the caterpillar**
"Watter grootte wil jy wees?" vra die ruspe
**"Oh, I don't particularly mind what size I am," Alice hastily replied**
"O, ek gee nie juis om watter grootte ek is nie," antwoord Alice haastig
**"I just don't like changing size so often, you know"**
"Ek hou net nie daarvan om so gereeld van grootte te verander nie, weet jy"
**"I would like to be a little larger, sir"**
"Ek wil graag 'n bietjie groter wees, meneer"
**"if you wouldn't mind," added Alice**
"as jy nie sou omgee nie," het Alice bygevoeg

**"Ten centimetres is such a wretched height to be"**
"Tien sentimeter is so 'n ellendige hoogte om te wees"
**"It is a very good height indeed!" said the caterpillar angrily**
"Dit is inderdaad 'n baie goeie hoogte!" sê die ruspe woedend
**and he reared itself upright as he spoke**
en hy het regop opgestaan terwyl hy gepraat het
**he was exactly ten centimetres high**
Hy was presies tien sentimeter hoog
**In a minute or two, the caterpillar got down off the mushroom**
Binne 'n minuut of twee het die ruspe van die sampioen afgeklim
**and he crawled away into the grass**
en hy kruip weg in die gras
**as he went away, he made some little remarks**
Toe hy weggaan, het hy 'n paar klein opmerkings gemaak
**"One side will make you grow taller"**
"Die een kant sal jou langer laat word"
**"and the other side will make you grow shorter"**
"en die ander kant sal jou korter laat word"
**"One side of what?" thought Alice to herself**
"Een kant van wat?" dink Alice by haarself
**"The other side of what?"**
"Die ander kant van wat?"
**"the side of the mushroom," said the caterpillar**
"Die kant van die sampioen," sê die ruspe
**it was as if she had asked her question aloud**
dit was asof sy haar vraag hardop gevra het
**and in another moment, he was out of sight**
en in 'n ander oomblik was hy buite sig
**Alice remained looking thoughtfully at the mushroom**
Alice bly nadenkend na die sampioen kyk
**she was trying to make out which were the two sides of the mushroom**
Sy het probeer uitvind wat die twee kante van die sampioen was
**At last she stretched her arms around the mushroom**

Uiteindelik strek sy haar arms om die sampioen
**and she broke off a bit of the edges**
en sy het 'n bietjie van die rande afgebreek
**"And now, which side is which?" she said to herself**
"En nou, watter kant is wat?" het sy vir haarself gesê
**and she nibbled a little of the right-hand bit**
en sy knibbel 'n bietjie van die regterkantse bietjie
**The next moment she felt a violent blow underneath her chin**
Die volgende oomblik voel sy 'n hewige hou onder haar ken
**her chin had struck her foot!**
haar ken het haar voet getref!
**She was a good deal frightened by this very sudden change**
Sy was baie bang vir hierdie baie skielike verandering
**she was shrinking very rapidly**
sy het baie vinnig gekrimp
**so she quickly ate some of the other bit of mushroom**
so sy het vinnig van die ander bietjie sampioen geëet
**Her chin was pressed very closely against her foot**
Haar ken was baie styf teen haar voet gedruk
**there was hardly room to open her mouth**
daar was skaars plek om haar mond oop te maak
**but she did at last manage to open her mouth**
maar sy het uiteindelik daarin geslaag om haar mond oop te maak
**and she swallowed a morsel of the left-hand bit**
en sy sluk 'n stukkie van die linkerhandse bietjie
**"my head's been freed at last!" said Alice**
"my kop is uiteindelik bevry!" sê Alice
**she looked down at herself**
Sy kyk af na haarself
**but all she could see was an immense length of neck**
maar al wat sy kon sien, was 'n ontsaglike lengte nek
**her neck seemed to rise like a stalk**
Dit lyk asof haar nek soos 'n steel styg
**and she looked down over a sea of green leaves**
en sy kyk af oor 'n see van groen blare

**"Where have my shoulders gotten to?"**
"Waar het my skouers gekom?"
**"And oh, my poor hands, how is it I can't see you?"**
"En o, my arme hande, hoe is dit dat ek jou nie kan sien nie?"
**but her neck did have one benefit**
Maar haar nek het wel een voordeel gehad
**she could move her head in any direction**
sy kon haar kop in enige rigting beweeg
**in fact, she was just like a serpent**
trouens, sy was net soos 'n slang
**she gracefully zigzagged her head down**
Sy sigsag haar kop grasieus af
**and she moved her head through the trees**
en sy beweeg haar kop deur die bome
**but then she heard a sharp hiss**
maar toe hoor sy 'n skerp gesis
**and she quickly pulled her head back**
en sy trek vinnig haar kop terug
**a large pigeon had flown into her face**
'n Groot duif het in haar gesig gevlieg
**and the pigeon was violently with its wings**
en die duif was gewelddadig met sy vlerke

**"Serpent!" cried the pigeon**

"Slang!" roep die duif

**"I'm not a serpent!" said Alice indignantly**

"Ek is nie 'n slang nie!" sê Alice verontwaardig

**"Leave me alone!"**

"Los my uit!"

**"I've tried the roots of trees"**

"Ek het die wortels van bome probeer"

**"and I've tried hedges," the pigeon went on**

"en ek het heinings probeer," het die duif voortgegaan

**"but those serpents! There's no pleasing them!"**

"Maar daardie slange! Daar is geen behaag om hulle te behaag nie!"

**Alice was more and more puzzled**

Alice was al hoe meer verbaas

**"As if it wasn't trouble enough hatching the eggs," said the pigeon**

"Asof dit nie genoeg moeite was om die eiers uit te broei nie," sê die duif

**"by night and day I must look out for serpents too!"**

"Nag en dag moet ek ook op die uitkyk wees vir slange!"

**"I had just found the highest tree in the forest"**

"Ek het pas die hoogste boom in die bos gevind"

**"surely I'd be free from serpents here?"**

"Ek sou sekerlik vry wees van slange hier?"

**"and out comes a serpent from the sky!"**

"En daar kom 'n slang uit die lug!"

**"But I'm not a serpent, I tell you!" said Alice**

"Maar ek is nie 'n slang nie, sê ek vir jou!" sê Alice

**"I'm a... I'm a... I'm a little girl," she added rather doubtfully**

"Ek is 'n ... Ek is 'n ... Ek is 'n dogtertjie," het sy nogal twyfelagtig bygevoeg

**she had after all been going through a lot of changes**

Sy het immers deur baie veranderinge gegaan

**"You're looking for eggs," said the pigeon**

"Jy soek eiers," sê die duif

**"I know that for a fact"**
"Ek weet dit vir 'n feit"
**"and what does it matter if you're a little girl or a serpent?"**
"En wat maak dit saak of jy 'n dogtertjie of 'n slang is?"
**"It matters a good deal to me," said Alice hastily**
"Dit maak baie saak vir my," sê Alice haastig
**"but I'm not looking for eggs, as it happens"**
"maar ek soek nie eiers nie, soos dit gebeur"
**"and I wouldn't want your eggs anyway"**
"en ek sal in elk geval nie jou eiers wil hê nie"
**"I don't like my eggs raw"**
"Ek hou nie van my eiers rou nie"
**"Well, be off then!" said the pigeon in a sulky tone**
"Wel, gaan dan weg!" sê die duif op 'n nors toon
**and the pigeon settled down again into its nest**
en die duif het weer in sy nes gaan sit
**Alice crouched down among the trees as well as she could**
Alice hurk so goed as wat sy kan tussen die bome
**her neck kept getting entangled among the branches**
haar nek het aanhoudend tussen die takke verstrengel geraak
**every now and then she had to stop and untwist her neck**
Elke nou en dan moes sy stop en haar nek losdraai
**After awhile she remembered the mushroom**
Na 'n rukkie onthou sy die sampioen
**she still held the pieces of mushroom in her hands**
Sy het nog steeds die stukkies sampioen in haar hande gehou
**and she set to work very carefully**
en sy het baie versigtig aan die werk gegaan
**first she nibbled at one piece**
Eers knibbel sy aan een stuk
**and then she nibbled at the other piece**
en toe knibbel sy aan die ander stuk
**sometimes she grew taller**
Soms het sy langer geword
**and sometimes she grew shorter**
en soms het sy korter geword
**but finally she achieved her usual height**

maar uiteindelik het sy haar gewone lengte bereik
**she hadn't been her own height for some time**
sy was 'n geruime tyd nie haar eie lengte nie
**so everything felt strange for a while**
So alles het vir 'n rukkie vreemd gevoel
**"The next thing to do is to get into that beautiful garden"**
"Die volgende ding om te doen is om in daardie pragtige tuin
te kom"
**"how is that to be done, I wonder?"**
"hoe moet dit gedoen word, wonder ek?"
**As she said this, she came upon an open place**
Terwyl sy dit gesê het, het sy op 'n oop plek afgekom
**there was a little house, a bit higher than a metre**
daar was 'n huisie, 'n bietjie hoër as 'n meter
**"I wonder who lives in this little house"**
"Ek wonder wie in hierdie huisie woon"
**"I certainly can't go in as big as I am"**
"Ek kan beslis nie so groot soos ek ingaan nie"
**"I would frighten them terribly!"**
"Ek sal hulle verskriklik bang maak!"
**so she nibbled at the little mushroom again**
so sy knibbel weer aan die klein sampioen
**and soon she brought herself down thirty centimetres**
en gou het sy haarself dertig sentimeter afgebring

## A pig and some pepper
'N en 'n bietjie peper

**For a minute or two she stood looking at the house**
Vir 'n minuut of twee het sy na die huis gestaan en kyk
**suddenly a footman came running out of the woods**
Skielik kom 'n lakei uit die bos aangehardloop
**he was wearing a special livery uniform**
Hy het 'n spesiale leweringsuniform gedra
**judging by his face only, she would have called him a fish**
Te oordeel aan sy gesig net, sou sy hom 'n vis genoem het
**and he rapped loudly at the door with his knuckles**
en hy klop hard aan die deur met sy kneukels
**the door was opened by another footman**
Die deur is deur 'n ander lakei oopgemaak
**this footman too was wearing a special livery**
Hierdie lakei het ook 'n spesiale lewering gedra
**this footman had a round face and large eyes like a frog**
Hierdie lakei het 'n ronde gesig en groot oë soos 'n padda
gehad

**The footman that looked like a fish initiated the ceremony**
Die lakei wat soos 'n vis gelyk het, het die seremonie begin
**he pulled out something from under his arm**
Hy trek iets onder sy arm uit
**and he pulled out from under his arm an envelope**
en hy het 'n koevert onder sy arm uitgehaal
**and this envelope he handed over to the other footman**
en hierdie koevert het hy aan die ander lakei oorhandig
**in a ceremonious tone he told him the orders**
op 'n seremoniële toon het hy hom die bevele vertel
**"This message is for the Duchess"**
"Hierdie boodskap is vir die hertogin"
**"An invitation from the queen to play croquet"**
"'n Uitnodiging van die koningin om kroket te speel"
**The footman that looked like a frog repeated the order**
Die lakei wat soos 'n padda gelyk het, het die bevel herhaal
**"from the queen"**
"Van die koningin"
**"an invitation"**
"'n uitnodiging"
**"for the Duchess"**
"vir die hertogin"
**"playing croquet"**
"Speel kroket"
**Then they both bowed low**
Toe buig hulle albei laag
**and the curls in their wigs got entangled together**
en die krulle in hul pruike het aan mekaar verstrengel geraak
**soon the footman that looked like a fish was gone**
Gou was die lakei wat soos 'n vis gelyk het, weg
**but the footman that looked like a frog was still there**
maar die lakei wat soos 'n padda gelyk het, was nog steeds
daar
**he was sitting on the ground near the door**
Hy het op die grond naby die deur gesit
**he was staring stupidly up into the sky**
hy staar dom in die lug op

**Alice went timidly up to the door and knocked**
Alice het skugter na die deur gegaan en geklop
**"There's no use in knocking," said the footman**
"Daar is geen nut om te klop nie," sê die lakei
**"and that is for two reasons"**
"En dit is om twee redes"
**"First, because I'm on the same side of the door as you are"**
"Eerstens, omdat ek aan dieselfde kant van die deur as jy is"
**"secondly, because they're making so much noise inside"**
"Tweedens, omdat hulle soveel geraas binne maak"
**"no one could possibly hear you"**
"Niemand kon jou moontlik hoor nie"
**And there certainly was a most extraordinary noise going on within**
En daar was beslis 'n buitengewone geraas aan die gang binne
**a constant howling and sneezing**
'n konstante gehuil en nies
**and every now and then a sound of great crashing**
en elke nou en dan 'n geluid van groot gestamp
**as if a dish or kettle had been broken to pieces**
asof 'n skottel of ketel in stukke gebreek is
**"How am I to get in?" asked Alice**
"Hoe moet ek inkom?" vra Alice
**"Should you get in at all?" said the footman**
"Moet jy enigsins inklim?" sê die lakei
**"That's the first question, you know"**
"Dit is die eerste vraag, jy weet"
**Alice opened the door and went in**
Alice maak die deur oop en gaan in
**The door led right into a large kitchen**
Die deur lei reguit na 'n groot kombuis
**the kitchen was full of smoke from one end to the other**
Die kombuis was vol rook van die een kant na die ander
**in the middle of the kitchen was the Duchess**
in die middel van die kombuis was die hertogin
**she was sitting on a three-legged stool**
Sy het op 'n driepootstoel gesit

**and she was nursing a baby**
en sy het 'n baba geverpleeg
**the cook was leaning over the fire**
Die kok leun oor die vuur
**he was stirring a large caldron**
Hy het 'n groot ketel geroer
**and the caldron seemed to be full of soup**
en dit lyk asof die ketel vol sop is
**"There's certainly too much pepper in that soup!" Alice said
to herself**
"Daar is beslis te veel peper in daardie sop!" Sê Alice vir
haarself
**she said it as best she could without sneezing**
Sy het dit so goed as moontlik gesê sonder om te nies
**Even the Duchess sneezed occasionally**
Selfs die hertogin het af en toe nies
**but the baby's actions were the most noteworthy**
Maar die baba se optrede was die opmerklikste
**the baby was sneezing and howling alternately**
Die baba nies en huil afwisselend
**there was not a moment's pause between howling and
sneezing**
daar was nie 'n oomblik se pouse tussen gehuil en nies nie
**There were two creatures in the kitchen that did not sneeze**
Daar was twee wesens in die kombuis wat nie nies het
**the cook was too busy to sneeze**
Die kok was te besig om te nies
**and the large cat did not seem to mind the pepper**
en dit lyk asof die groot kat nie omgee vir die peper nie
**instead, the large cat was grinning from ear to ear**
In plaas daarvan glimlag die groot kat van oor tot oor
**"Please would you tell me," said Alice, a little timidly**
"Wil jy my asseblief vertel," sê Alice, 'n bietjie skugter
**"why is your cat grinning like that?"**
"Hoekom glimlag jou kat so?"
**"It's a Cheshire-Cat," said the Duchess**
"Dit is 'n Cheshire-Cat," sê die hertogin

**"and that's why he's grinning from ear to ear"**
"En dit is hoekom hy van oor tot oor glimlag"
**"I didn't know that a Cheshire-Cat always grinned"**
"Ek het nie geweet dat 'n Cheshire-Cat altyd glimlag nie"
**"in fact, I didn't know that cats could grin," said Alice**
"Trouens, ek het nie geweet dat katte kan glimlag nie," het
Alice gesê
**"there is much you don't know," said the Duchess**
"daar is baie wat jy nie weet nie," sê die hertogin
**"there is much you don't know and that's a fact"**
"Daar is baie wat jy nie weet nie en dit is 'n feit"
**Just then the cook took the caldron of soup off the fire**
Net toe haal die kok die ketel sop van die vuur af
**and at once she started throwing everything within her reach**
en dadelik het sy alles binne haar bereik begin gooi
**she threw everything she could at the Duchess and the babe**
sy het alles wat sy kon na die hertogin en die baba gegooi
**first she threw the fire-irons**
Eers het sy die vuurysters gegooi
**then she threw a handful of saucepans**
Toe gooi sy 'n handvol kastrolle
**and finally she threw the plates and dishes**
en uiteindelik gooi sy die borde en skottelgoed
**The Duchess took no notice of her**
Die hertogin het geen kennis van haar geneem nie
**even when she was hit by a plate she did not worry**
Selfs toe sy deur 'n bord getref is, was sy nie bekommerd nie
**the baby was already howling so much**
Die baba het al so baie gehuil
**so it was impossible to say whether the blows hurt the baby
or not**
Dit was dus onmoontlik om te sê of die houe die baba
seergemaak het of nie
**"Oh, please mind what you're doing!" cried Alice**
"O, let asseblief op wat jy doen!" roep Alice
**and she jumped up and down in an agony of terror**
en sy het op en af gespring in 'n pyn van vrees

**the Duchess offered Alice the baby**
die hertogin het Alice die baba aangebied
**"Here! You may nurse the baby a bit, if you like!"**
"Hier! Jy kan die baba 'n bietjie soog, as jy wil!"
**and she flung the baby at her as she spoke**
en sy gooi die baba na haar toe terwyl sy praat
**"I must go and get ready to play croquet with the queen"**
"Ek moet gaan en gereed maak om kroket met die koningin te speel"
**and she hurried out of the room**
en sy haastig uit die kamer
**Alice caught the baby with some difficulty**
Alice het die baba met moeite gevang
**because it was a very odd-shaped little creature**
want dit was 'n baie vreemde klein wese
**and the baby held out its arms and legs in all directions**
en die baba het sy arms en bene in alle rigtings uitgesteek
**"I better take this child away with me," thought Alice**
"Ek moet beter hierdie kind saamneem," dink Alice
**"they're sure to kill this baby in a day or two"**
"Hulle sal sekerlik hierdie baba binne 'n dag of twee doodmaak"
**"Wouldn't it be murder to leave this baby behind?"**
"Sou dit nie moord wees om hierdie baba agter te laat nie?"
**She said the last words out loud**
Sy het die laaste woorde hardop gesê
**and the little thing grunted in reply**
en die klein dingetjie grom in antwoord
**"you best not turn into a pig, my dear," said Alice**
"Jy moet beter nie in 'n verander nie, my skat," sê Alice
**"or else I'll have nothing more to do with you"**
"anders het ek niks meer met jou te doen nie"
**Alice was just beginning to think to herself:**
Alice het net by haarself begin dink:
**"Now, what am I to do with this creature, when I get it home?"**
"Nou, wat moet ek met hierdie wese doen as ek dit by die huis

kry?"
**but then the little creature grunted a little violently**
maar toe grom die klein wese 'n bietjie gewelddadig
**and Alice looked down into its face in some alarm**
en Alice kyk in sy gesig af in 'n mate van ontsteltenis
**This time there could be no mistake about it**
Hierdie keer kon daar geen fout daaroor wees nie
**it was neither more nor less than a pig**
dit was nie meer of minder as 'n nie
**so she set the little creature down**
toe sit sy die klein diertjie neer
**and the little creature trot away quietly into the wood**
en die klein wese draf stil weg in die bos
**Alice felt quite relieved to see the creature go**
Alice was baie verlig om die wese te sien gaan
**Alice was a little startled by seeing the Cheshire-Cat**
Alice was 'n bietjie geskrik toe sy die Cheshire-Cat sien
**it was sitting on a bough of a tree a few yards off**
dit het op 'n tak van 'n boom 'n paar meter verder gesit
**The cat only grinned when it saw her**
Die kat glimlag net toe hy haar sien
**"Cheshire-cat," began Alice, rather timidly**
"Cheshire-kat," begin Alice, nogal skugter
**"would you please tell me which way I ought to go from
here?"**
"Sal jy asseblief vir my sê watter kant toe ek van hier af moet
gaan?"
**"In that direction," the cat said**
"In daardie rigting," het die kat gesê
**and it waved the right paw around**
en dit waai die regterpoot rond
**"In that direction lives a maker of hats"**
"In daardie rigting woon 'n maker van hoede"
**and then the cat waved its other paw**
en toe waai die kat sy ander poot
**"and in that direction lives a march hare"**
"en in daardie rigting woon 'n maarthaas"

**"Visit either you like; they're both mad"**
"Besoek óf jy wil; hulle is albei kwaad"
**"But I don't want to go among mad people," Alice remarked**
"Maar ek wil nie tussen mal mense gaan nie," het Alice
opgemerk
**"Oh, you can't help that," said the Cat**
"O, jy kan dit nie help nie," sê die kat
**"we're all mad here"**
"Ons is almal mal hier"
**"are you playing croquet with the queen today?"**
"Speel jy vandag kroket met die koningin?"
**"I would like to very much," said Alice**
"Ek wil baie graag," sê Alice
**"but I haven't been invited yet"**
"maar ek is nog nie genooi nie"
**"You'll see me there," said the Cat**
"Jy sal my daar sien," sê die kat
**and from one moment to the next the cat vanished**
en van die een oomblik na die volgende het die kat verdwyn
**soon Alice got in sight of the house of the march hare**
gou het Alice die huis van die maarthaas in sig gekry
**this was a very large house**
Dit was 'n baie groot huis
**so Alice did not want to go near the house**
so Alice wou nie naby die huis gaan nie
**first she had to nibble some more of the left side bit of
mushroom**
Eers moes sy nog 'n bietjie van die linkerkant sampioen
knibbel

**a mad tea-party**

'n mal teepartytjie

**In front of the house there was a tree**
Voor die huis was daar 'n boom
**and under the tree there was a table**
en onder die boom was daar 'n tafel
**and the table was set with all sorts of cutlery**
en die tafel was gedek met allerhande eetgerei
**the march hare and the hat maker were at the table**
Die Maarthaas en die hoedemaker was aan tafel
**and together they were having tea**
en saam het hulle tee gedrink
**a dormouse was sitting between them**
'n slaapmuis het tussen hulle gesit
**and the dormouse was fast asleep**
en die slaapmuis was vas aan die slaap
**The table was of extraordinary size**
Die tafel was van buitengewone grootte
**but most of the table was unoccupied**
maar die grootste deel van die tafel was onbeset
**they sat crowded together at one corner of the table**
Hulle het saamgedrom by die een hoek van die tafel gesit
**and yet they made excuses when they saw Alice**
en tog het hulle verskonings gemaak toe hulle Alice sien
**"No room! No room!" they cried out**
"Geen plek nie! Geen plek nie!" het hulle uitgeroep
**"There's plenty of room!" said Alice indignantly**
"Daar is genoeg plek!" sê Alice verontwaardig
**at one end of the table there was a large arm-chair**
Aan die een kant van die tafel was daar 'n groot leunstoel
**and Alice sat herself in the armchair**
en Alice sit haarself in die leunstoel
**the hat maker opened his eyes very wide**
Die hoedemaker het sy oë baie wyd oopgemaak
**he couldn't believe what he was seeing**
Hy kon nie glo wat hy sien nie
**but his mind was curious about other things**

maar sy gedagtes was nuuskierig oor ander dinge
**"Why is a raven like a writing-desk?"**
"Waarom is 'n raaf soos 'n skryftafel?"
**Alice was open to the challenge**
Alice was oop vir die uitdaging
**"I'm glad they've begun asking riddles"**
"Ek is bly hulle het raaisels begin vra"
**"I believe I can guess that," she added aloud**
"Ek glo ek kan dit raai," het sy hardop bygevoeg
**The march hare grew curious about Alice**
Die marshaas het nuuskierig geword oor Alice
**"Do you really think you can find the answer?"**
"Dink jy regtig jy kan die antwoord vind?"
**"I think I can find the answer indeed," said Alice**
"Ek dink ek kan inderdaad die antwoord vind," sê Alice
**"Then you should say what you mean," the march hare went
on**
"Dan moet jy sê wat jy bedoel," het die marshaas voortgegaan
**"I do say what I mean," Alice hastily replied**
"Ek sê wat ek bedoel," antwoord Alice haastig
**"at the very least I mean what I say"**
"ten minste bedoel ek wat ek sê"
**"that's the same thing, you know"**
"Dit is dieselfde ding, jy weet"
**the dormouse also contributed to the conversation**
Die slaapmuis het ook bygedra tot die gesprek
**but the dormouse seemed to be talking in its sleep**
maar dit lyk asof die slaapmuis in sy slaap praat
**"I breathe when I sleep"**
"Ek haal asem as ek slaap"
**"I sleep when I breathe!"**
"Ek slaap as ek asemhaal!"
**"you might as well say they are the same too"**
"Jy kan net sowel sê hulle is ook dieselfde"
**"It is the same thing with you," said the hat maker**
"Dit is dieselfde ding met jou," sê die hoedemaker
**and he poured a little tea on the dormouse's nose**

en hy gooi 'n bietjie tee op die slaapmuis se neus
**The Dormouse shook its head impatiently**
Die slaapmuis skud ongeduldig sy kop
**and again the dormouse spoke, without opening its eyes**
en weer het die slaapmuis gepraat, sonder om sy oë oop te maak
**"Of course, of course it is the same"**
"Natuurlik is dit dieselfde"
**"that's just what I was going to say myself"**
"dit is net wat ek self gaan sê"

**The hat maker turned to Alice and asked another question**
Die hoedemaker draai na Alice en vra nog 'n vraag
**"Have you guessed the riddle yet?"**
"Het jy al die raaisel geraai?"

**"No, I give up," Alice conceded**
"Nee, ek gee moed op," het Alice toegegee
**"What's the answer?" she wanted to know**
"Wat is die antwoord?" wou sy weet
**"I haven't the slightest idea," said the hat maker**
"Ek het nie die geringste idee nie," sê die hoedemaker
**"Nor do I know," said the march hare**
"Ek weet ook nie," sê die marshaas
**Alice gave a weary sigh**
Alice sug moeë
**"there are better uses of time than riddles without answers"**
"Daar is beter gebruike van tyd as raaisels sonder antwoorde"
**"have some more tea," the march hare said to Alice, very earnestly**
"Drink nog 'n bietjie tee," sê die marshaas vir Alice, baie ernstig
**Alice was quite offended by the offer**
Alice was nogal beledig deur die aanbod
**"I've had not had tea yet," Alice replied**
"Ek het nog nie tee gedrink nie," antwoord Alice
**"therefore I can't have any more tea"**
"daarom kan ek nie meer tee drink nie"
**"You mean you can't have less tea," said the hat maker**
"Jy bedoel jy kan nie minder tee drink nie," sê die hoedemaker
**"it's very easy to take more than nothing"**
"Dit is baie maklik om meer as niks te neem nie"
**At this, Alice got up and walked off**
Hierop het Alice opgestaan en weggestap
**The dormouse fell asleep instantly**
Die slaapmuis het onmiddellik aan die slaap geraak
**and neither of the others took the least notice of her going**
en nie een van die ander het die minste kennis geneem van haar vertrek nie
**though she looked back once or twice**
alhoewel sy een of twee keer teruggekyk het
**they were trying to put the dormouse into the tea-pot**
Hulle het probeer om die slaapmuis in die teepot te sit

"At any rate, I'll never go there again!" said Alice
"Ek sal in elk geval nooit weer soontoe gaan nie!" sê Alice
and she walked her way through the woods
en sy het haar pad deur die bos gestap
"that was the stupidest tea-party I've ever been to"
"dit was die domste teepartytjie waarby ek nog ooit was"
Just as she said this, she noticed something
Net toe sy dit sê, het sy iets opgemerk
one of the trees had a door leading right into it
een van die bome het 'n deur gehad wat reg daarin gelei het
"That's very interesting!" she thought
"Dis baie interessant!" het sy gedink
"I think I may as well go through the door"
"Ek dink ek kan net sowel deur die deur gaan"
And through the door she went
En deur die deur het sy gegaan
Once more she found herself in the long hall
Weereens bevind sy haarself in die lang saal
again she was close to the little glass table
Weer was sy naby die klein glastafeltjie
she took the little golden key
Sy het die klein goue sleutel geneem
and she unlocked the door that led into the garden
en sy het die deur oopgesluit wat na die tuin gelei het
Then she set to work nibbling at the mushroom
Toe begin sy aan die werk om aan die sampioen te peusel
she had kept a piece of the mushroom in her pocket
Sy het 'n stukkie van die sampioen in haar sak gehou
and finally she was about a metre tall
en uiteindelik was sy omtrent 'n meter lank
then she walked down the little corridor
toe stap sy in die gangjie af
and then she finally found herself in the beautiful garden
en toe bevind sy haarself uiteindelik in die pragtige tuin
and she was among the bright flower and the cool fountains
en sy was tussen die helder blom en die koel fonteine

## The queen's croquet ground
Die koningin se kroketgrond

**A large rose-tree stood near the entrance of the garden**
'n Groot roosboom het naby die ingang van die tuin gestaan
**the roses growing on the tree were white**
Die rose wat aan die boom gegroei het, was wit
**but there were three gardeners painting the rose**
Maar daar was drie tuiniers wat die roos geverf het
**they were busily painting the roses red**
Hulle was besig om die rose rooi te verf
**and Alice was watching them paint the roses red**
en Alice kyk hoe hulle die rose rooi verf
**and suddenly their eyes chanced to fall upon Alice**
en skielik val hul oë toevallig op Alice
**Alice spoke a little timidly**
Alice praat 'n bietjie skugter
**"Would you tell me, please;"**
"Sal jy my asseblief vertel;"
**"why are you all painting those roses?"**
"Hoekom skilder julle almal daardie rose?"
**five and seven said nothing, but looked at two**
vyf en sewe het niks gesê nie, maar na twee gekyk
**two spoke, in a low voice**
Twee het met 'n lae stem gepraat
**"Why, the fact is, you see, madam"**
"Hoekom, die feit is, jy sien, mevrou"
**"this here ought to have been a red rose-tree"**
"Dit hier moes 'n rooi roosboom gewees het"
**"and we put a white rose-tree in by mistake"**
"en ons het per ongeluk 'n wit roosboom ingesit"
**"as you would agree, the queen must not find out"**
"Soos jy sou saamstem, moet die koningin nie uitvind nie"
**"else we would all have our heads cut off"**
"anders sou ons almal ons koppe afgekap hê"
**"So you see, madam, we're doing our best"**
"So jy sien, mevrou, ons doen ons bes"
**card five had been anxiously looking across the garden**

Kaart vyf het angstig oor die tuin gekyk
**At this moment card five called out, "The queen! The queen!"**
Op hierdie oomblik het kaart vyf uitgeroep: "Die koningin! Die koningin!"
**and the three gardeners instantly scurried away**
en die drie tuiniers skarrel onmiddellik weg
**and they threw themselves flat upon their faces**
en hulle het hulself plat op hul gesigte gegooi
**There was a sound of many footsteps**
Daar was 'n geluid van baie voetstappe
**Alice looked around, eager to see the queen**
Alice kyk rond, gretig om die koningin te sien
**At the start of the procession were ten soldiers**
Aan die begin van die optog was tien soldate
**their hands and feet were in the corners**
hul hande en voete was in die hoeke
**and in their hands and feet were clubs**
en in hulle hande en voete was knuppels
**next came the ten courtiers**
Daarna het die tien hofdienaars gekom
**the courtiers were ornamented all over with diamonds**
die hofdienaars was oraloor versier met diamante
**After the courtiers came the royal children**
Na die hofdienaars het die koninklike kinders gekom
**there were ten of the royal children**
Daar was tien van die koninklike kinders
**and all the royal children were ornamented with hearts**
en al die koninklike kinders was versier met harte
**Next came the guests; mostly kings and queens**
Volgende het die gaste gekom; meestal konings en koninginne
**and among the kings and queen Alice saw someone**
en tussen die konings en koningin Alice het iemand gesien
**she saw again the white rabbit she had chased**
Sy sien weer die wit haas wat sy gejaag het
**The procession was followed the knave of hearts**
Die optog is gevolg deur die knav of harte

**he was carrying the king's crown**
Hy het die koning se kroon gedra
**and the king's crown was on a crimson velvet cushion**
en die koning se kroon was op 'n bloedrooi fluweelkussing
**and then came the end of this grand procession**
en toe kom die einde van hierdie groot optog
**and there at the end were the king and queen of hearts**
en daar aan die einde was die koning en koningin van harte
**the procession came opposite to Alice**
die optog het teenoor Alice gekom
**and they all stopped and looked at her**
en hulle het almal gestop en na haar gekyk
**and the queen said severely, "Who is this?"**
en die koningin sê ernstig: "Wie is dit?"
**She said it to the Knave of Hearts**
Sy het dit vir die Knave of Hearts gesê
**but he just bowed and smiled in reply**
maar hy het net gebuig en geglimlag in antwoord
**Alice spoke very politely**
Alice het baie beleefd gepraat
**"My name is Alice, so please your majesty"**
"My naam is Alice, so asseblief u majesteit"
**but she had other thoughts to herself**
maar sy het ander gedagtes vir haarself gehad
**"they're only a pack of cards, after all!"**
"Hulle is tog net 'n pak kaarte!"
**"Can you play croquet?" shouted the queen**
"Kan jy kroket speel?" skree die koningin
**The question was evidently meant for Alice**
Die vraag was klaarblyklik vir Alice bedoel
**"Yes!" said Alice loudly**
"Ja!" sê Alice hard
**"Come play then!" roared the queen**
"Kom speel dan!" brul die koningin
**a timid voice spoke to Alice**
'n skugter stem het met Alice gepraat
**"it's a very fine day!"**

"Dit is 'n baie mooi dag!"
**She was walking by the white rabbit**
Sy het by die wit haas geloop
**and the White Rabbit was peeping anxiously into her face**
en die Wit Konyn loer angstig in haar gesig
**"a very fine day indeed," confirmed Alice**
"'n baie mooi dag inderdaad," bevestig Alice
**"Where's the duchess?"**
"Waar is die hertogin?"
**"Hush! Hush!" said the Rabbit**
"Stil! Stil!" sê die haas
**"She's under sentence of execution"**
"Sy is onder teregstellingsvonnis"
**"What is she being executed for?" asked Alice**
"Waarvoor word sy tereggestel?" vra Alice
**"She scuffed the queen's ears," the rabbit began**
"Sy het die koningin se ore geskuur," het die haas begin
**the queen shouted in a voice of thunder**
Die koningin skree met 'n stem van donderweer
**"Get to your places!"**
"Kom na jou plekke!"
**and people began running about in all directions**
en mense het in alle rigtings begin rondhardloop
**and they all tumbled up against each other**
en hulle het almal teen mekaar getuimel
**However, they got settled down in a minute or two**
Hulle het egter binne 'n minuut of twee gevestig
**and then the game began**
En toe begin die speletjie
**Alice had never seen such a curious croquet ground**
Alice het nog nooit so 'n eienaardige kroketgrond gesien nie
**the grass was all ridges and furrows**
die gras was almal rante en vore
**The croquet balls were real hedgehogs**
Die kroketballe was regte krimpvarkies
**and the mallets were real flamingos**
en die hamers was regte flaminke

**and the soldiers stood on their hands and feet**
en die soldate het op hul hande en voete gestaan
**because the arches was made from their bodies**
omdat die boë van hul liggame gemaak is
**The players all played at once**
Die spelers het almal gelyktydig gespeel
**nobody waited for their turns**
niemand het gewag vir hul beurte nie
**and everyone quarrelled with everyone**
en almal het met almal getwis
**and all were fighting for the hedgehogs**
en almal het vir die krimpvarkies geveg
**soon the queen was in a furious passion**
Gou was die koningin in 'n woedende passie
**and she started stamping about and shouting**
en sy begin rondstamp en skree
**"Chop off his head!"**
"Kap sy kop af!"
**"Chop off her head!"**
"Kap haar kop af!"
**"Chop all their heads off!"**
"Kap al hul koppe af!"
**Again Alice thought to herself**
Weer dink Alice by haarself
**"They're dreadfully fond of beheading people here"**
"Hulle is vreeslik lief daarvoor om mense hier te onthoof"
**"the great wonder is that there's anyone left alive!"**
"Die groot wonder is dat daar iemand oor is!"
**She was looking about for some way of escape**
Sy het rondgekyk na 'n manier om te ontsnap
**she noticed a curious appearance in the air**
Sy het 'n nuuskierige voorkoms in die lug opgemerk
**"It's the Cheshire-cat," she said to herself**
"Dit is die Cheshire-kat," sê sy vir haarself
**"now I shall have somebody to talk to"**
"nou sal ek iemand hê om mee te praat"
**"How are you getting on?" said the cat**

"Hoe gaan dit met jou?" sê die kat
**"I don't think they play at all fairly," Alice said**
"Ek dink glad nie hulle speel regverdig nie," het Alice gesê
**and she had a rather complaining tone**
en sy het 'n taamlik klaende toon gehad
**"they all quarrel so dreadfully"**
"Hulle stry almal so verskriklik"
**"one can't hear oneself speak"**
"'n mens kan jouself nie hoor praat nie"
**"and they don't seem to play by any rules"**
"en dit lyk asof hulle nie volgens enige reëls speel nie"
**the cat asked Alice a question in a low voice**
die kat het Alice 'n vraag met 'n lae stem gevra
**"How do you like the queen?"**
"Hoe hou jy van die koningin?"
**"I don't like her at all," said Alice**
"Ek hou glad nie van haar nie," sê Alice

**Alice thought she might as well go back**
Alice het gedink sy kan net sowel teruggaan
**she wanted to see how the game was going**
Sy wou sien hoe die wedstryd verloop
**she went off in search of her hedgehog**
Sy het na haar krimpvarkie gaan soek
**The hedgehog was busy fighting another hedgehog**
Die krimpvarkie was besig om teen 'n ander krimpvarkie te
veg
**this was an excellent opportunity**
Dit was 'n uitstekende geleentheid
**she could croquet one hedgehog with the other**
sy kon die een krimpvarkie met die ander kroket
**but her flamingo was on the other side of the garden**
maar haar flamink was aan die ander kant van die tuin
**the flamingo was rather clumsy**
Die flamink was taamlik lomp
**her flamingo was trying to fly up into a tree**
Haar flamink het probeer om in 'n boom op te vlieg
**She caught the flamingo by the leg**
Sy het die flamink aan die been gevang
**and she tucked the flamingo away under her arm**
en sy het die flamink onder haar arm weggesteek
**that way the flamingo couldn't escape again**
Op hierdie manier kon die flamink nie weer ontsnap nie
**Just then Alice happened to meet the duchess**
Net toe het Alice toevallig die hertogin ontmoet
**The duchess was now out of prison**
Die hertogin was nou uit die tronk
**She tucked her arm affectionately under Alice's arm**
Sy steek haar arm liefdevol onder Alice se arm
**and then they walked off together**
en toe stap hulle saam weg
**Alice was very glad to find her in such a pleasant temper**
Alice was baie bly om haar in so 'n aangename humeur te vind
**She was a little startled, however**
Sy was egter 'n bietjie geskrik

she heard the voice of the duchess close to her ear
Sy hoor die stem van die hertogin naby haar oor
"You're thinking about something, my dear"
"Jy dink aan iets, my skat"
"and that makes you forget to talk"
"En dit laat jou vergeet om te praat"
"The game's going on rather better now," Alice said
"Die wedstryd gaan nou nogal beter aan," het Alice gesê
it was one way of keeping the conversation going
dit was een manier om die gesprek aan die gang te hou
"it is so indeed," said the duchess
"Dit is inderdaad so," sê die hertogin
"and the moral of that is this:"
"En die moraal daarvan is dit:"
"It is love that does it all!"
"Dit is liefde wat alles doen!"
"Love is what makes the world go around"
"Liefde is wat die wêreld laat rondgaan"
Alice had another explanation
Alice het 'n ander verduideliking gehad
"it's done by everybody minding his own business!"
"Dit word gedoen deur almal wat hom met sy eie sake
bemoei!"
"Ah, well! You could be right"
"Ag, wel! Jy kan reg wees"
"It all means much the same thing," said the Duchess
"Dit beteken alles baie dieselfde," het die hertogin gesê
and she dug her sharp little chin into Alice's shoulder
en sy grawe haar skerp ken in Alice se skouer
"and the moral of that is this"
"en die moraal daarvan is dit"
"Take care of the sense"
"Sorg vir die sin"
"and then the sounds will take care of themselves"
"En dan sal die klanke vir hulself sorg"
but then the duchess's arm began to tremble
Maar toe begin die hertogin se arm bewe

**Alice looked up and there stood the queen**
Alice kyk op en daar staan die koningin
**the queen had her arms folded**
Die koningin het haar arms gevou
**and she was frowning like a thunderstorm!**
en sy frons soos 'n donderstorm!
**"I give you fair warning," shouted the queen**
"Ek gee jou regverdige waarskuwing," skree die koningin
**and she stomped on the ground as she spoke**
en sy stamp op die grond terwyl sy praat
**"either your head or her head must be off"**
"óf jou kop óf haar kop moet af wees"
**"Take your choice!"**
"Neem jou keuse!"
**"and be quick about it"**
"en wees vinnig daaroor"
**The duchess made her choice**
Die hertogin het haar keuse gemaak
**and within a moment the duchess was gone**
en binne 'n oomblik was die hertogin weg
**Then the queen spoke to Alice**
Toe praat die koningin met Alice
**"Let's go on with the game"**
"Kom ons gaan voort met die spel"
**Alice was too frightened to say a word**
Alice was te bang om 'n woord te sê
**and she slowly followed her back to the croquet-ground**
en sy het haar stadig terug na die kroketgrond gevolg
**the whole time the queen quarrelled with the other players**
Die hele tyd het die koningin met die ander spelers gestry
**"Chop off his head!"**
"Kap sy kop af!"
**"Chop off her head!"**
"Kap haar kop af!"
**"Chop all their heads off!"**
"Kap al hul koppe af!"
**soon all the players were in custody**

Gou was al die spelers in aanhouding
**only the king, the queen, and Alice remained**
net die koning, die koningin en Alice het oorgebly
**Then the queen left, quite out of breath**
Toe vertrek die koningin, heeltemal uitasem
**and she walked away with Alice**
en sy het saam met Alice weggestap
**Alice heard the king quietly say something**
Alice hoor die koning saggies iets sê
**"You are all pardoned"**
"Julle is almal vergewe"
**but suddenly there was another cry heard**
maar skielik is daar nog 'n kreet gehoor
**"The trial is beginning!"**
"Die verhoor begin!"
**and Alice ran along with the others**
en Alice het saam met die ander gehardloop

**who stole the tarts?**

Wie het die terte gesteel?

**The king and queen of hearts were seated**

Die koning en koningin van harte het gesit

**they were on their throne when Alice arrived**

hulle was op hul troon toe Alice daar aankom

**there was a great crowd assembled around them**

Daar was 'n groot skare rondom hulle bymekaargekom

**there were all sorts of little birds and beasts**

daar was allerhande voëltjies en diere

**and there was the whole pack of cards**

en daar was die hele pak kaarte

**the knave was standing in front of them, in chains**

Die knave het voor hulle gestaan, in kettings

**and there was a soldier on each side to guard him**

en daar was 'n soldaat aan elke kant om hom te bewaak

**near the King was the white rabbit**

naby die koning was die wit haas

**he had a trumpet in one hand**

hy het 'n trompet in een hand gehad

**and he had a scroll of parchment in the other hand**

en hy het 'n boekrol perkament in die ander hand gehad

**In the very middle of the court was a table**

In die middel van die hof was 'n tafel

**on the table was a large dish of tarts**

op die tafel was 'n groot skottel terte

**"I wish they'd get the trial done," Alice thought**

"Ek wens hulle sal die verhoor gedoen kry," dink Alice

**"then we could eat some of those refreshments!"**

"Dan kan ons van daardie verversings eet!"

**The judge, by the way, was the king**
Die regter was terloops die koning
**and he wore his crown over his great wig**
en hy het sy kroon oor sy groot pruik gedra
**"That's the jury-box," thought Alice**
"Dit is die jurie-boks," dink Alice
**"and those twelve creatures, I suppose they are the jurors"**
"en daardie twaalf wesens, ek veronderstel hulle is die jurielede"
**some were animals, and some were birds**
sommige was diere, en sommige was voëls
**Just then the white rabbit cried out**
Net toe roep die wit haas uit
**"Silence in the court!"**
"Stilte in die hof!"
**"Herald, read the accusation!" said the king**
"Heraut, lees die beskuldiging!" sê die koning
**the white rabbit blew three blasts on the trumpet**
Die wit haas blaas drie ontploffings op die trompet

then he unrolled the parchment-scroll
toe rol hy die perkamentrol uit
and he read as follows:
en hy het soos volg gelees:
"The queen of hearts, she made some tarts,"
"Die koningin van harte, sy het 'n paar terte gemaak,"
"All this she did on a summer day"
"Dit alles het sy op 'n somersdag gedoen"
"The knave of hearts, he stole those tarts"
"Die knave van harte, hy het daardie terte gesteel"
"And he took those tarts far away!"
"En hy het daardie terte ver weggeneem!"
"Call the first witness," said the king
"Roep die eerste getuie," sê die koning
and the white rabbit blew three blasts on the trumpet
en die wit haas blaas drie stote op die trompet
"bring the first witness!" he called out
"Bring die eerste getuie!" het hy uitgeroep
The first witness was the hat maker
Die eerste getuie was die hoedemaker
he came in with a teacup in one hand
Hy het ingekom met 'n teekoppie in die een hand
and he had a piece of bread and butter in the other hand
en hy het 'n stukkie brood en botter in die ander hand gehad
"You ought to have finished," said the King
"Jy moes klaar gewees het," sê die koning
"When did you begin?"
"Wanneer het jy begin?"
The hat maker looked at the march hare
Die hoedemaker kyk na die marshaas
the march hare had followed him into the court
Die March Hare het hom in die hof gevolg
he had walked arm in arm with the dormouse
Hy het arm aan arm met die slaapmuis geloop
"Fourteenth of March, I think it was," he said
"Veertiende Maart, ek dink dit was," het hy gesê
"Give your evidence," said the king

"Lewer jou getuienis," sê die koning

**"and don't be nervous, or I'll have you executed on the spot"**

"en moenie senuweeagtig wees nie, of ek sal jou ter plaatse laat teregstel"

**This did not seem to encourage the witness at all**

Dit het blykbaar glad nie die getuienis aangemoedig nie

**he kept shifting from one foot to the other**

hy het aanhoudend van die een voet na die ander geskuif

**and he looked uneasily at the queen**

en hy kyk ongemaklik na die koningin

**and, in his confusion, he bit a large piece out of his teacup**

en in sy verwarring het hy 'n groot stuk uit sy teekoppie gebyt

**really he meant to bite from his bread and butter**

regtig was hy van plan om uit sy brood en botter te byt

**Just at this moment Alice felt a very curious sensation**

Net op hierdie oomblik het Alice 'n baie nuuskierige sensasie gevoel

**she was beginning to grow larger again**

sy het weer groter begin word

**The miserable hat maker dropped his teacup**

Die ellendige hoedemaker het sy teekoppie laat val

**and the bread and butter fell to the ground**

en die brood en botter het op die grond geval

**and he went down on one knee**

en hy het op een knie neergegaan

**"I'm a poor man, your majesty," he began**

"Ek is 'n arm man, u majesteit," het hy begin

**"You're a very poor speaker," said the king**

"Jy is 'n baie swak spreker," sê die koning

**"You may go," said the king**

"Jy mag gaan," sê die koning

**and the hat maker hurriedly left the court**

en die hoedemaker het haastig die hof verlaat

**"Call the next witness!" said the king**

"Roep die volgende getuie!" sê die koning

**The next witness was the duchess's cook**

Die volgende getuie was die hertogin se kok

**She carried the pepper-box in her hand**
Sy het die peperboks in haar hand gedra
**and the people near the door began sneezing all at once**
en die mense naby die deur het dadelik begin nies
**"Give your evidence," said the king**
"Lewer jou getuienis," sê die koning
**"I shall give no evidence," said the cook**
"Ek sal geen getuienis lewer nie," sê die kok
**The king looked anxiously at the white rabbit**
Die koning kyk angstig na die wit haas
**and the white rabbit spoke in a quiet voice**
en die wit haas het met 'n stil stem gepraat
**"your majesty must cross-examine this witness"**
"U majesteit moet hierdie getuie kruisondervra"
**"Well, if I must, I must," the king said**
"Wel, as ek moet, moet ek," het die koning gesê
**"What are tarts made of?"**
"Waarvan word terte gemaak?"
**"tarts are made of pepper, mostly," said the cook**
"Terte word meestal van peper gemaak," sê die kok
**For some minutes the whole court was in confusion**
Vir 'n paar minute was die hele hof in verwarring
**eventually they all settled down again**
Uiteindelik het hulle almal weer gaan sit
**but by then the cook had disappeared**
maar teen daardie tyd het die kok verdwyn
**"Never mind!" said the king**
"Maak nie saak nie!" sê die koning
**"call to the stand the next witness"**
"roep die volgende getuie na die tribune"
**Alice watched the white rabbit as he fumbled over the list**
Alice kyk na die wit haas terwyl hy oor die lys vroetel
**you can imagine her surprise at what she heard next**
Jy kan jou haar verbasing voorstel oor wat sy volgende gehoor
het
**at the top of his shrill little voice, he called the name "Alice!"**
bo-op sy skril stemmetjie roep hy die naam "Alice!"

**Alice's evidence**

Alice se getuienis

**"Here!" cried Alice**

"Hier!" roep Alice

**She jumped up in a great hurry**

Sy spring haastig op

**and she tipped over the jury-box**

en sy het die jurie-boks omgegooi

**and she knocked over all the jurymen**

en sy het al die jurielede omgestamp

**and they fell on to the heads of the crowd below**

en hulle het op die koppe van die skare onder geval

**Alice was in great dismay**

Alice was in groot ontsteltenis

**"Oh, I beg your pardon!" she exclaimed**

"O, ek smeek jou vergewe!" het sy uitgeroep

**"The trial cannot proceed," said the king**

"Die verhoor kan nie voortgaan nie," sê die koning

**"the jurymen must get back in their proper places"**

"Die jurielede moet weer op hul regte plekke kom"

**he repeated the order with great emphasis**

Hy herhaal die bevel met groot klem

**and he looked at Alice sternly**

en hy kyk streng na Alice

**"What do you know about these events?" the king asked Alice**

"Wat weet jy van hierdie gebeure?" vra die koning vir Alice

**"I know nothing on the subject," said Alice**

"Ek weet niks oor die onderwerp nie," sê Alice

**The king then read from his book**

Die koning het toe uit sy boek gelees

**"Rule forty two"**

"Reël twee-en-veertig"

**"All persons more than a mile high are to leave the court"**

"Alle persone wat meer as 'n kilometer hoog is, moet die hof verlaat"

**"I'm not a mile high," said Alice**

"Ek is nie 'n myl hoog nie," sê Alice
**"Nearly two miles high," said the Queen**
"Byna twee myl hoog," sê die koningin

**"Well, I refuse to go," said Alice**
"Wel, ek weier om te gaan," sê Alice
**The king turned pale**
Die koning het bleek geword
**and he shut his note-book hastily**
en hy het sy notaboek haastig gesluit
**"Consider your verdict," he said to the jury**
"Oorweeg jou uitspraak," het hy aan die jurie gesê
**he spoke in a low, trembling voice**
Hy het met 'n lae, bewende stem gepraat
**then the white rabbit spoke**
Toe praat die wit haas
**"There's more evidence to come yet"**
"Daar is nog meer bewyse om te kom"

**and he jumped up in a great hurry**
en hy het in 'n groot haas opgespring
**"This paper has just been picked up"**
"Hierdie vraestel is pas opgetel"
**"It seems to be a letter written by the prisoner"**
"Dit lyk asof dit 'n brief is wat deur die gevangene geskryf is"
**He unfolded the paper as he spoke**
Hy het die papier oopgevou terwyl hy gepraat het
**"It isn't a letter, after all"**
"Dit is tog nie 'n brief nie"
**"what it was was a set of verses"**
"Wat dit was, was 'n stel verse"
**"Please, your majesty," said the knave**
"Asseblief, u majesteit," sê die knave
**"I didn't write those verses"**
"Ek het nie daardie verse geskryf nie"
**"and they can't prove that I wrote anything"**
"en hulle kan nie bewys dat ek iets geskryf het nie"
**"there's no name signed at the end"**
"Daar is geen naam aan die einde onderteken nie"
**the king spoke to the knave**
Die koning het met die knawe gepraat
**"You must have meant to cause some mischief"**
"Jy moes bedoel het om onheil te veroorsaak"
**"else you'd have signed your name like an honest man"**
"anders sou jy jou naam soos 'n eerlike man geteken het"
**There was a general clapping of hands**
Daar was 'n algemene handgeklap
**and the king turned to the white rabbit**
en die koning draai na die wit haas
**"Read the verses," he ordered**
"Lees die verse," beveel hy
**There was dead silence in the court**
Daar was doodstilte in die hof
**and the white rabbit read out the verses**
en die wit haas het die verse voorgelees
**They told me you had been to her**

Hulle het vir my gesê jy was by haar
**And they mentioned me to him**
En hulle het my vir hom genoem
**She gave me a good character**
Sy het my 'n goeie karakter gegee
**But she said I could not swim**
Maar sy het gesê ek kan nie swem nie
**He sent them word I had not gone**
Hy het vir hulle 'n boodskap gestuur dat ek nie gegaan het nie
**We know it to be true**
Ons weet dit is waar
**If she should push the matter on, what would become of you?**
As sy die saak sou voortsit, wat sou van jou word?
**I gave her one, they gave him two**
Ek het vir haar een gegee, hulle het vir hom twee gegee
**You gave us three or more**
Jy het vir ons drie of meer gegee
**They all returned from him to you**
Hulle het almal van hom na jou teruggekeer
**although they were mine before**
hoewel hulle voorheen myne was
**If I or she should chance to be**
As ek of sy die kans sou hê om te wees
**If I or she were involved in this affair**
As ek of sy by hierdie saak betrokke was
**He trusts to you to set them free**
Hy vertrou op jou om hulle vry te maak
**Exactly as we were**
Presies soos ons was
**My notion was that you had been**
My idee was dat jy was
**Before she had this fit**
Voordat sy hierdie aanval gehad het
**An obstacle that came between**
'n Struikelblok wat tussenin gekom het
**Him, and ourselves, and it**

Hy, en onsself, en dit
**Don't let him know she liked them best**
Moenie hom laat weet sy hou die beste van hulle nie
**For this must for ever be a secret, kept from all the rest**
Want dit moet vir ewig 'n geheim wees, bewaar vir al die
ander
**This secret must remain a secret between yourself and me**
Hierdie geheim moet 'n geheim tussen jou en my bly
**the king was very impressed**
Die koning was baie beïndruk
**"That's the most important piece of evidence we've heard yet"**
"Dit is die belangrikste bewysstuk wat ons nog gehoor het"
**"I don't believe those verses carry an atom of meaning," objected Alice**
"Ek glo nie daardie verse het 'n atoom van betekenis nie," het
Alice beswaar gemaak
**the King had his own opinion on the matter**
die koning het sy eie mening oor die saak gehad
**"If there's no meaning in those words, that saves a world of trouble"**
"As daar geen betekenis in daardie woorde is nie, red dit 'n
wêreld van moeilikheid"
**"then we needn't try to find the meaning"**
"dan hoef ons nie die betekenis te probeer vind nie"
**"Let the jury consider their verdict"**
"Laat die jurie hul uitspraak oorweeg"
**"No, no!" said the queen**
"Nee, nee!" sê die koningin
**"Sentencing first—verdict afterwards"**
"Vonnisoplegging eers - uitspraak daarna"
**"Stuff and nonsense!" said Alice loudly**
"Goed en nonsens!" sê Alice hardop
**"how silly it is to sentence the defendant first!"**
"Hoe dom is dit om die beskuldigde eerste te vonnis!"

**"Hold your tongue!" said the queen, turning purple**

"Hou jou mond!" sê die koningin en word pers

**"I will not hold my tongue!" said Alice**

"Ek sal nie my mond hou nie!" sê Alice

**the queen shouted at the top of her voice**

Die koningin skree op die top van haar stem

**"chop off her head!"**

"Kap haar kop af!"

**Nobody made a movement**

Niemand het 'n beweging gemaak nie

**"Who cares what you say?" said Alice**

"Wie gee om wat jy sê?" sê Alice

**she had grown to her full size by this time**

sy het teen hierdie tyd tot haar volle grootte gegroei

**"You're nothing but a pack of cards!"**

"Jy is niks anders as 'n pak kaarte nie!"

**At this, all the cards rose up in the air**

Hierop het al die kaarte in die lug opgestyg

**and all the cards came flying down upon her**

en al die kaarte het op haar neergevlieg
**she gave a little scream**
Sy gee 'n bietjie gil
**she was half afraid, but also angry**
Sy was half bang, maar ook kwaad
**and she tried to fight the cards off of herself**
en sy het probeer om die kaarte van haarself af te veg
**and then she found herself lying on the grass bank**
en toe lê sy op die grasbank
**her head was in the lap of her sister**
haar kop was in die skoot van haar suster
**some dead leaves had landed on her face**
'n paar dooie blare het op haar gesig beland
**and her sister was gently brushing the leaves away**
en haar suster was besig om die blare saggies weg te borsel
**"Wake up, Alice dear!" said her sister**
"Word wakker, Alice!" sê haar suster
**"what a long sleep you've had!"**
"Wat 'n lang slaap het jy gehad!"
**"Oh, I've had such a curious dream!" said Alice**
"O, ek het so 'n eienaardige droom gehad!" sê Alice
**And she told her sister all she could remember**
En sy het haar suster alles vertel wat sy kon onthou
**all the strange adventures that you have just been reading about**
Al die vreemde avonture waaroor jy pas gelees het
**Alice got up and ran off**
Alice het opgestaan en weggehardloop
**and she thought, while she ran, about her dream**
en sy het gedink, terwyl sy gehardloop het, oor haar droom
**"what a wonderful dream it had been!"**
"Wat 'n wonderlike droom was dit nie!"